Knaur

Les Martin

Akte X
Die unheimlichen Fälle des FBI

Der Zirkus

Roman

auf Basis der gleichnamigen Fernsehserie
von Chris Carter,
nach einem Drehbuch von Darin Morgan

Aus dem Amerikanischen
von Ulrich Hoffmann

Knaur

Die amerikanische Originalausgabe erschien unter dem Titel
The X-Files – Humbug bei HarperTrophy –
A Division of HarperCollins Publishers, New York

Redaktion: Annekatrin Klaus

Vollständige Taschenbuchausgabe August 1998
Droemersche Verlagsanstalt Th. Knaur Nachf., München

Umschlaggestaltung: Papen Werbeagentur, Köln
Umschlagillustration: © 1996 by 20th Century Fox Corp.
Druck und Bindung: Clausen & Bosse, Leck
Printed in Germany
ISBN 3-426-61046-9

5 4 3 2 1

1

Eine Nacht wie aus einem Horrorfilm.

Schwarze Wolken ballten sich um einen knochenweißen Mond, tropische Bäume warfen lange Schatten in seinem bleichen Licht. Ein Käuzchen sang sein klagendes Totenlied, und in der Ferne heulte ein Hund.

Die beiden Jungen waren allein, allein in dieser Nacht. Sie waren erst fünf und sieben Jahre alt, doch sie hatten keine Angst. Sie kannten hier jeden Grashalm, und sie liebten es, im Pool hinterm Haus zu planschen und zu tollen . . . Sie bemerkten das Wesen nicht, das lautlos auf sie zukroch.

Das Wesen hatte einen Menschenkopf und einen Menschenkörper – doch es war von oben bis unten mit Fischschuppen bedeckt, einem Seemonster aus schlimmsten Alpträumen gleich. Die Kinder bespritzten sich und paddelten lachend um die Wette, während es näher und näher kam.

Völlig geräuschlos glitt es am tiefen Ende des Pools unter Wasser und tauchte auf die Jungen zu.

Mit einem ohrenbetäubenden Röhren stieg es aus der Tiefe empor und schoß in einer hohen Fontäne aus dem Wasser.

Die Jungen hatten keine Chance.

Ihr Kreischen zerriß die Stille der Nacht.

Dann lachten sie erleichtert.

„Daddy, hör auf!“ japste der Jüngere.

„Ich wußte die ganze Zeit, daß du es bist, Dad“, verkündete der Ältere.

„Ach ja?“ Jerald Glazebrook blinzelte das Wasser aus den Augen. „Na, jetzt hab ich dich!“

Glazebrook packte seinen älteren Sohn Robert und versuchte, ihn unterzutauchen.

„Daaad!“ Roberts Stimme überschlug sich in einem begeisterten Johlen.

Sein jüngerer Bruder Lionel konnte nicht länger zusehen – quietschend vor Freude sprang er seinem Vater auf den Schuppenrücken.

„Zwei gegen einen. Unfair!“ rief Glazebrook und rang spielerisch mit seinen beiden Söhnen, bis er sie abgeschüttelt hatte.

„Das reicht, Jungs. Euer Vater kann nicht mehr. Unterwegs bin ich aus der Übung gekommen. Zu viele Shows, zu wenig Sport.“

„Ich bin froh, daß du wieder da bist, Dad.“ Robert blickte andächtig zu seinem Vater hoch.

„Ich bin auch froh“, zwitscherte der kleine Lionel eifrig.

„Hast du unterwegs viele irre Sachen gesehen?“ fragte Robert.

„Ich werde den ganzen Winter Zeit haben, euch davon zu erzählen.“ Glazebrook lächelte auf die naßglänzenden Köpfe seiner Söhne hinunter. „Aber jetzt will eure Mutter, daß ihr ins Bett geht."

Energisch hob er einen nach dem anderen aus dem Pool und schickte sie mit einem freundschaftlichen Klaps ins Haus. „Abmarsch, ihr Räuber . . ."

Dann reckte und streckte er sich, und seine nassen Schuppen glitzerten im Mondlicht. Er betrachtete einen Moment lang die schwarz-silbrige Wasseroberfläche. Vielleicht sollte ich ein paar Runden schwimmen, dachte er. Mich wieder in Form bringen.

Glazebrook sah zwar aus wie ein Seeungeheuer – doch Schwimmen war nicht seine Stärke. Beim Kraulen spritzte und blubberte er, und schon nach zehn Runden rang er nach Luft. Er beschloß, daß es genug war für heute nacht. Morgen würde er fünfzehn Runden versuchen . . . Für den Moment war es völlig in Ordnung, einfach auszuspannen, zu genießen und auf dem Rücken im kühlen Wasser zu treiben. Unterwegs zu sein war nicht schlecht, doch nirgends war es so schön wie zu Hause.

Für einen flüchtigen Augenblick dachte er an den Wagen, der in der Auffahrt stand und in großen Lettern seinen Künstlernamen trug: *DER ALLIGATOR-MANN.* Darunter prangte ein leuchtend buntes Bild von ihm, auf dem er sich in seiner bizarren Schuppenhaut in einem Wasserbassin tummelte, und ein Schriftzug: *IST ES EIN MANN? IST ES EIN TIER? IST ES EIN MONSTER?*

Glazebrook seufzte zufrieden. Er war froh, den Wagen eine Weile stehen lassen zu können. Eine Pause zu haben. Zur Ruhe zu kommen.

In der Ferne hörte er einen Hund heulen, und er nahm sich vor, bald einmal mit den Nachbarn zu reden: Sie mußten aufhören, das arme Tier nachts anzuketten.

Ein Geräusch schreckte ihn auf. Ein Platschen am anderen Ende des Pools.

Waren die Jungs etwa zurückgekommen?

Er hob den Kopf und hielt nach ihnen Ausschau, konnte aber nichts erkennen.

Dann sah er die kleinen Wellen an der Wasseroberfläche.

Diese Racker, dachte er schmunzelnd. Versuchen, sich anzuschleichen und mich zu überraschen. Na, denen werde ich's zeigen ... Eine kleine Lektion kann nicht schaden.

Jetzt konnte er eine blasse Silhouette unter Wasser erkennen.

Sie hatte nicht die Form von zwei Kindern. Sie hatte überhaupt keine menschliche Form.

Es war ...

Er wußte nicht, was es war.

Alles, was er ausmachen konnte, war irgendeine Art Schemen. Ein milchiges Etwas, so groß wie ein Strandball ... Und es schwamm schneller, als sein Verstand folgen konnte, auf ihn zu.

„Was zur Hölle?“ murmelte Glazebrook und paddelte an den Rand des Pools.

Er war nicht schnell genug.

Das Ding rammte sich mit der Wucht einer Kanonenkugel in seinen Bauch.

Glazebrook krümmte sich vor Schmerz und ging unter.

Keuchend tauchte er wieder auf, ruderte mit Händen und Füßen, spuckte und rang nach Luft.

Wieder rammte ihn das Ding. Glazebrook schrie. Ich zerreiße, dachte er in einem klaren Moment, breche einfach entzwei.

Er hielt sich am Rand des Pools fest und machte den sinnlosen Versuch, sich hinauszuziehen.

„Uhhhhhhhhh!“ Die Kreatur bohrte sich in seinen Rücken. Schmerz durchzuckte ihn wie eine heiße Stichflamme. Verzweifelt klammerte er sich an den Beckenrand und wandte den Kopf: Er wollte seinen Mörder sehen. Er wollte ihn wenigstens sehen.

Aber er sah nur Blut, sein eigenes Blut färbte das Wasser dunkel.

Und es war das letzte, was Jerald Glazebrook, der Alligator-Mann, jemals sehen sollte.

2

„Sie sehen aus wie ein Angler, der ein Riesenbiest am Haken hat . . ." Special Agent Dana Scully musterte ihren Kollegen Fox Mulder unbehaglich von der Seite.

Mulder lächelte, und Scully schlang instinktiv die Arme um ihre Schultern. Sie wußte, was ihren Partner so zufrieden aussehen ließ. Ein Fall aus dem Reich der Schatten. Ein Fall, dem sich die meisten FBI-Agenten nicht einmal auf Stocklänge nähern würden. Eine X-Akte.

„Schauen Sie mal hier", sagte Mulder.

Er nahm ein Foto von seinem wie immer chaotischen Schreibtisch und reichte es seiner Partnerin.

Scully atmete tief durch.

„Sagen Sie nichts, Mulder. Sie haben es geschafft – Sie haben endlich ein Foto von einem Ihrer Aliens, habe ich recht?"

„Nein." Mulder schüttelte amüsiert den Kopf. „Das hier ist ein Mensch."

„Mein Gott, was ist bloß mit ihm passiert? Wieso ist sein Kopf voll mit diesen . . . diesen . . . Schuppen?"

„Ihm ist nichts *passiert* – außer, daß er irgendwann geboren wurde", sagte Mulder und wurde wieder ernst. „Hier. Sehen Sie sich den Rest an." Er zeigte Scully ein weiteres Foto.

Auf diesem war der ganze Körper des Mannes zu sehen. Das Schuppenkleid bedeckte ihn von Kopf bis Fuß.

„Er hatte von Geburt an eine seltene Krankheit", erklärte Mulder. „Sie heißt Ichthyosis. Die oberste Schicht der Haut verhärtet sich und schuppt sich ab. Wie die Rinde eines Baumes. Sieht aber aus wie Fischschuppen."

„Ist das tödlich?"

„Nein . . . Es tut nicht einmal weh. Das Schlimme ist nur, wie die Umwelt auf etwas derartiges reagiert. Jemand mit dieser Krankheit wird oft geschnitten."

Scully nickte. „Die Menschen können grausam sein zu denen, die anders aussehen."

„Das fängt schon damit an, wie sie sie nennen", sinnierte Mulder. „*Freaks*."

„Wer den Schaden hat, braucht für den Spott nicht zu sorgen . . ."

„Aber dieser Mann, Jerald Glazebrook, hat deshalb nicht resigniert." Mulder kam langsam zur Sache. „Er hat sich sogar einen Namen gemacht: Der Alligator-Mann. Hat ganz gut von Zirkus- und Rummelauftritten gelebt . . . Der Spott hat ihn nicht umgebracht."

„Was dann?"

„Ich wünschte, ich wüßte es." Mulder hob die Schultern. Er zeigte Scully ein anderes Foto. „Wollen Sie raten?"

Nachdenklich betrachtete Scully das Bild. Glazebrook lag mit dem Gesicht nach unten neben einem Swimmingpool. Sie kniff die Augen zusammen, um die klaffende Wunde an seinem unteren Rücken besser erkennen zu können.

„Die Öffnung ist leicht oval“, sagte sie langsam. „Durchmesser etwa zwölf Zentimeter. Ich kann mir beim besten Willen nicht vorstellen, wie so ein Loch entsteht. Hat man die Waffe gefunden?“

„Nein.“

„Irgendwelche anderen Verletzungen?“

Mulder schüttelte den Kopf. „Der Rest seines Körpers ist unversehrt.“

„Nettes kleines Rätsel.“ Scully hob die Augenbrauen. „Die Polizei vor Ort dürfte gut zu tun haben.“

„Wir auch“, sagte Mulder knapp. Er öffnete einen dicken Ordner und holte einen Stapel Fotos heraus. „Schauen Sie sich die mal an.“

Scully betrachtete die oberste Aufnahme. Sie zeigte eine Frau in mittleren Jahren – mit einer Verletzung am Rücken, die mit der von Glazebrook identisch war. Auf dem nächsten Bild war ein hochgewachsener junger Mann zu sehen: in seinem Bauch klaffte eine vergleichbare Wunde.

Mulder nannte ihr die Fakten: „Siebenundvierzig Angriffe dieser Art in den letzten achtundzwanzig Jahren im Land. Der erste in Oregon. Die letzten fünf in Florida. Die Zeit zwischen den Angriffen betrug manchmal nur einen Tag, manchmal sechs Jahre. Das

Alter der Opfer ist unterschiedlich, ebenso Rasse und Geschlecht. Wir haben nicht die geringste Ahnung, warum diese Männer und Frauen umgebracht wurden."

„Vielleicht irgendein abstruses Sektenritual", überlegte Scully. „Es gibt doch die verrücktesten Kulte."

„Negativ." Mulder zuckte bedauernd die Achseln. „Kein uns bekannter Kult bringt derartige Opfer."

„Vielleicht ein Serienmörder?"

„Unwahrscheinlich . . . Ein Serienmörder würde über eine so lange Zeit den Grad der Grausamkeit mit ziemlicher Sicherheit steigern. Eine Entwicklung dieser Art ist bei diesen Verbrechen aber nicht festzustellen."

Mulder legte die Fotos zurück in die Akte und wandte sich wieder seiner Partnerin zu: „Noch eine Idee zu unserem neuen Fall, Agent Scully?"

Scully hatte das Porträt des Alligator-Mannes erneut zur Hand genommen.

„Mulder, stellen Sie sich einmal vor, Sie würden so aussehen." Scullys Stimme war voller Anteilnahme. „Ich frage mich, wie er das ertragen hat."

„Es ist leider zu spät, *ihn* danach zu fragen. Aber sie bekommen vielleicht die Chance, es herauszufinden."

„Was soll das heißen?"

„Jerald Glazebrook hatte viele Freunde", erläuterte Mulder. „Wir sehen sie morgen bei seiner Beerdigung. Wir fliegen nach Fort Lauderdale, mieten einen Wagen und fahren nach Gibsonton."

„Florida?“ fragte Scully. „War Gibsonton die Heimat des Opfers?“

„Es wird Ihnen dort gefallen“, sagte Mulder lächelnd und zwinkerte. „Viele Überraschungen.“

3

Die Totenmesse hatte gerade erst begonnen, als Mulder und Scully auf dem Friedhof eintrafen. Sie nahmen auf den beiden letzten freien Klappstühlen Platz, die man zusätzlich für die Trauergäste bereitgestellt hatte.

Der Pfarrer las aus der Bibel. Er war ein kleiner Mann, aber seine Stimme war tief und kraftvoll: „Der Herr ist mein Hirte, mir wird nichts mangeln. Er weidet mich auf einer grünen Aue und führet mich zum frischen Wasser. Er erquicket meine Seele. Er führet mich auf rechter Straße um seines Namens willen. Und ob ich schon wanderte im finstern Tal . . .“

Scully unterdrückte ein Gähnen. Sie hatte noch vor Morgengrauen aufstehen müssen, um ihren Flug zu erwischen. Jetzt saß sie unter Floridas Sonne und mußte sich anstrengen, nicht einzunicken.

Nun schlug der Pfarrer die Seite um – mit seinem nackten Fuß. Unter seinem schwarzen Umhang hatte er keine Arme.

Urplötzlich war Scully wieder wach.

„. . . fürchte ich kein Unglück; denn du bist bei mir; dein Stecken und Stab trösten mich.“

Der Pfarrer sah von der Bibel auf und sagte: „Wir haben uns heute hier versammelt, um Abschied zu nehmen von Jerald Glazebrook, geliebtem Ehemann, Vater, Freund und Entertainer . . ."

Scully folgte seinem Blick zu den Angehörigen des Toten.

Die beiden Jungs trugen dunkle Anzüge. Sie versuchten, tapfer zu sein, aber ihre Lippen zitterten. Ihre Mutter war ganz in Schwarz und hatte ihr Gesicht mit einem Schleier verhüllt. Doch der Schleier war nicht lang genug . . . um das Ende ihres eindrucksvollen roten Bartes zu verbergen.

Scully stieß Mulder in die Rippen. „Sehen Sie, was ich sehe?" flüsterte sie.

Er nickte und betrachtete die übrigen Trauergäste.

Nicht weit von ihnen saß eine Frau, die mindestens zweihundert Kilo wog. Sie hätte bestimmt zwei Plätze eingenommen – wenn ihr Sitznachbar nicht ein wandelndes Skelett gewesen wäre. Neben ihnen saß ein Mann in mittleren Jahren. Während er den Worten des Pfarrers lauschte, nahm er einen ausgiebigen Schluck aus einem Metall-Flachmann und schob ihn zurück in seine Manteltasche . . . in so etwas ähnliches wie eine Manteltasche. Scully riß die Augen auf, als sie begriff, daß der Mantel zu einem kleinen, kopflosen Körper gehörte, der aus der Magengegend des Mannes wuchs.

„Wir trauern um Jerald Glazebrook mit der Bewunderung und dem Respekt, der ihm von allen seinen Kollegen stets zuteil wurde", fuhr der Pfarrer fort.

Scully hörte ein leises Murmeln und Seufzen hinter

sich. Sie wandte sich um – und ihr Blick fiel auf eine Stuhlreihe mit kleinen Kinder. Doch als sie die Gesichter genauer betrachtete, bemerkte sie, daß diese Menschen gar keine Kinder waren.

Ein kleinwüchsiger Mann registrierte Scullys Verblüffung. Er lächelte und winkte ihr mit seiner winzigen Hand zu. Sie lächelte schwach zurück.

Scully spürte, wie Mulder sie anstieß, drehte den Kopf zurück und folgte seinem Blick. Sie sah hoch und höher, bis sie das Gesicht des Riesen erreichte, der fünf Plätze weiter hinter ihnen saß. Mulder und sie tauschten einen hilflosen Blick.

„Fühlen Sie sich ein wenig fehl am Platze?“ flüsterte Mulder.

„Allerdings“, flüsterte Scully zurück. „Ich komme mir vor wie ein Frea . . .“

Mulder legte den Finger auf seine Lippen. „Nicht dieses Wort. Denken Sie es nicht einmal. Dieses Wort ist hier Tabu.“

Sie wandte ihre Aufmerksamkeit wieder dem Pfarrer zu, der gerade sagte: „. . . und obwohl Jerry ein weltbekannter Befreiungskünstler war, gibt es einen Kasten, aus dem niemand von uns entkommen . . .“

In diesem Augenblick begann der Sarg zu wackeln.

Der Pfarrer verstummte und starrte den bebenden Sarg an. Keuchen und Flüstern im Publikum.

„Sagen Sie mir, daß ich das nicht sehe“, wisperte Scully.

„Ich wünschte bloß, ich wüßte, *was* wir sehen", gab Mulder leise zurück, während der Sarg immer wilder hin- und herschwankte.

Irgend jemand in einer der hinteren Reihen schrie.

Ein stämmiger Mann in Sheriff-Uniform marschierte zum Sarg und legte seine mächtige Hand darauf. Dann runzelte er die Stirn.

„Kommt her! Helft mir!" bellte er in Richtung der vier Träger, die in der Nähe standen.

Gemeinsam hoben sie den Sarg hoch und stellten ihn einen Meter weiter wieder ab. Jetzt konnten alle sehen, weshalb er gewackelt hatte: Dort, wo der Sarg gestanden hatte, bewegte sich der Boden.

„Ein Erdbeben in Florida?" fragte Scully ungläubig.

„Ein menschliches Erdbeben", sagte Mulder, als plötzlich der Kopf eines Mannes aus dem Boden auftauchte.

Erst wurde wildes, drahtig-blondes Haar sichtbar. Dann ein noch wilderes Gesicht mit den wildesten Augen, die Scully je gesehen hatte.

Dem Kopf folgte ein nackter Oberkörper. Der Rest steckte in einer schwarzen Lederhose. Schließlich stand der ganze Mann vor ihnen. Er hielt einen Schienennagel und einen Hammer in den Händen.

„Darf ich mich vorstellen", schnarrte er. „Mein Name ist Dr. Blockhead; das Unerträgliche auszuhalten ist meine Berufung."

Ärgerliches Gemurmel begrüßte den Eindringling.

Gänzlich unbeeindruckt fuhr Dr. Blockhead mit großer Geste fort: „Ich kannte den Toten nicht persönlich, deshalb werde ich nichts über ihn sagen, obwohl ich sicher bin, daß er ein netter Kerl war und so weiter. Aber ich war ein großer Bewunderer seiner Arbeit, und ich möchte ihr meinen Respekt erweisen. Und zwar, indem ich diesen Nagel in meine Brust hämmere!“

Mit diesen Worten setzte er die Spitze des Nagels auf seinen Oberkörper und schlug das Ding mit energischen Hammerschlägen hinein.

Scully war schon halb aufgesprungen, doch Mulder hielt sie zurück.

„Sehen Sie bloß“, raunte er. „Der Mann ist gut. Wirklich gut.“

Dr. Blockhead strahlte triumphierend und sah nicht einmal hinunter auf das Rot, das sein Hemd färbte. „Oh je, ich befürchte, ich habe mein Herz erwischt . . . Wie dumm von mir.“

Weiter kam er nicht. Der Sheriff packte ihn am Arm. „Was glauben Sie, was Sie hier machen, Hippie?“

„Weg da, weg“, kreischte Dr. Blockhead und stieß den stämmigen Gesetzeshüter kraftvoll von sich.

Überrascht taumelte der Sheriff zurück, stolperte über den Sarg hinter sich und fiel auf den Deckel. Verwirrt blieb er zwischen den Blumen und Gebinden liegen.

Die Sargträger hatten beschlossen, sich Dr. Blockhead zu schnappen, und als er sich vehement wehrte, sprangen die Trauergäste wie bei einem Boxkampf von ihren Plätzen auf. Man wollte schließlich nichts verpassen.

Mulder und Scully waren die einzigen, die sitzenblieben.

Scully schüttelte den Kopf.

Mulder grinste.

„Wenn das die Trauerfeier ist – wie wird dann erst der Leichenschmaus?“

4

„Ich bin überrascht, daß der Sheriff diesen Dr. Blockhead nicht wegen Störung der öffentlichen Ordnung eingesperrt hat“, sagte Scully.

„Ich glaube, hier in Gibsonton kann man sich so einiges erlauben.“ Mulder grinste noch immer leicht amüsiert vor sich hin.

„Wenn man bedenkt, was wir bislang gesehen und erlebt haben, haben Sie vermutlich recht“, erwiderte Scully.

Das Handgemenge auf dem Friedhof lag nun schon eine Stunde zurück, und Jerald Glazebrook ruhte sicher in seinem Grab. Scully und Mulder warteten auf Sheriff Hamilton – sie hatten sich mit ihm im *Three Ring Diner* verabredet.

Der Sheriff traf fünf Minuten nach ihnen ein. „Wie gefällt Ihnen unser Stadtrestaurant?“ fragte er aufgeräumt.

„Wir haben noch nicht in die Karte geschaut – aber die Atmosphäre ist interessant“, schmunzelte Mulder.

„Ja“, fügte Scully spitz hinzu. „Ich bekomme Lust auf Zuckerwatte.“

Das *Diner* sah aus wie ein Zirkuszelt. Poster bedeckten die Wände, ein Trapez hing von der Decke. Lebensgroße Darstellungen von Menschen und Tieren in der Manege wirkten, als würden sie gleich zum Leben erwachen, Saltos schlagen oder durch Feuerreifen springen.

„Der Zirkus scheint ziemlich beliebt zu sein in Gibsonton . . ." Mulder beendete seinen Rundblick.

„Da könnten Sie recht haben", grunzte der Sheriff.

„Hatte Jerald Glazebrook irgendwas mit dem Zirkus zu tun?"

„Hatte er."

„Aber in seiner Akte steht unter Beruf ‚Künstler' . . ."

„Jerry *war* Künstler – ein großer Künstler!" Der Sheriff kam in Fahrt. „Er war der beste Befreiungskünstler seit Houdini. Er hatte das Zeug für die goßen Shows in Las Vegas. Er hätte ein Fernsehstar werden können. Aber wegen seiner Haut blieb er bei den Side-Shows hängen. Und so reiste er durchs Land und arbeitete hauptsächlich auf Rummelplätzen und beim Zirkus."

„Ich wußte nicht, daß es noch so viele Side-Shows gibt", ließ sich Scully vernehmen.

„Gibt es auch nicht, Miss." Der Sheriff schnaufte durch die Nase. „Eigentlich nur noch wenige, und die wohl auch nicht mehr lange."

„Während der Beerdigung habe ich den Eindruck gewonnen, daß Glazebrook nicht der einzige Mitarbeiter einer Side-Show ist, der hier lebt", meinte Mulder.

„Naja, die meisten von ihnen sind schon in Rente . . .

Aber eine Menge Leute, die hier leben, haben tatsächlich irgendwas mit dem Zirkus oder dem Rummel zu tun.“

„Wieso das?“ Scully hob verwundert die Augenbrauen.

Der Sheriff zuckte mit den Achseln. „Die Leute in Pittsburgh arbeiten in den Stahlwerken. Die Leute hier arbeiten beim Zirkus.“

„Aber dafür muß es doch einen Grund geben.“

„Gibt es auch, Miss – wenn Sie siebzig Jahre zurückgehen wollen“, erklärte der Sheriff. „Künstler von *Barnum* und *Bailey's Big Show* haben diese Stadt in den Zwanzigern gegründet und hier ihr Winterquartier aufgeschlagen. Der Winter ist die Urlaubszeit für das Zirkusvolk. Aber trotzdem sind sie gerne unter ihresgleichen.“

Scully wandte sich an Mulder. „Ich glaube, wir haben eine erste Spur in unserer Ermittlung. Diese Morde haben sich im ganzen Land ereignet – es könnte doch sein, daß der Killer auf Tournee mit einem Zirkus oder Rummelplatz gewesen ist. Es erscheint sogar wahrscheinlicher, wenn er in einer Side-Show gearbeitet hat. Und wenn er einer dieser besonderen ‚Attraktionen‘ ist und wir uns vergegenwärtigen, wie diese Menschen von normalen Leuten behandelt werden, ist er mit der Zeit vielleicht böse geworden. Böse genug, um zu töten.“

Scully schwieg, dann fuhr sie fort: „Und noch etwas.

Die letzten fünf Morde haben sich alle in Florida ereignet – wo unser Side-Show-Killer sich vielleicht zur Ruhe gesetzt hat."

Noch bevor Mulder etwas sagen konnte, schaltete sich Sheriff Hamilton ein. „Augenblick mal, Miss. Ich weiß nicht viel über diese Morde, von denen Sie reden. Aber ich kenne diese Side-Show-Leute. Hier in der Gegend nennen wir sie ‚die ganz besonderen Menschen'. Und das ist genau das, was sie sind, – die nettesten Leute, die Sie je treffen werden. Sie sehen vielleicht etwas ungewöhnlich aus. Aber was zählt, sind die inneren Werte."

„Das sagen die Leute auch über Serienmörder – bis sie gefaßt werden", konterte Scully. „Selbst ihre engsten Freunde und Angehörigen glauben, daß sie völlig normal sind. Wenn Sie also diese Side-Show-Künstler als normal bezeichnen, müssen Sie gleichzeitig auch zugeben, daß sie die schrecklichsten Verbrechen begehen könnten."

„Ich sag Ihnen was, Lady. Andere Leute haben wesentlich größere Probleme mit dem Aussehen dieser Menschen, als die Side-Show-Leute selbst!"

„Ich wollte Sie nicht provozieren, Sheriff . . ." Scully merkte, daß es Zeit war, die Pferde zu zügeln. „Wir sind hier, um einen brutalen Mörder zu fassen. Es tut dabei überhaupt nichts zur Sache, ob er aussieht wie der Elefanten-Mensch – oder so wie die Kellnerin."

Die Kellnerin stand neben ihrem Tisch, eine attraktive Blondine mit üppigen Formen. Sie lächelte. „Hey, Sheriff! Das übliche?"

„Klingt gut, Sal", brummte der Sheriff.

Sal drehte sich zu Scully um – und Scullys Blick fiel auf die andere Seite der Kellnerin. Sie sah einen schmucken, breitschultrigen Mann mit gebürstetem Schnauzer und kurzgeschnittenem braunen Haar.

„Und für die Dame?" fragte Sal munter.

Scully schluckte. „Einen Kaffee, bitte."

„Und was darf ich Ihnen bringen, Sir?" Sal wandte sich mit seiner/ihrer Mädchenseite an Mulder.

Doch Mulder interessierte sich mehr für die Speisekarte. „Was ist das?" fragte er und tippte mit dem Finger auf die Karte.

„Ein Barnum Burger . . .? Mit Hackfleisch und Mortadella."

„Nicht das Essen. Die Zeichnung daneben."

Scully sah auf ihre eigene Karte, die mit Illustrationen von berühmten Side-Show-Attraktionen verziert war. Direkt neben dem Barnum Burger war das merkwürdigste Wesen abgebildet, das sie je gesehen hatte. Der Oberkörper der Kreatur war beinahe menschlich zu nennen – das Ding hatte einen verschrumpelten Kopf mit vorstehenden Zähnen, dazu Klauenhände, der Unterkörper jedoch sah aus wie ein Fischschwanz.

„Tut mir leid, Sir", zwitscherte Sal. „Das servieren wir nicht. Das ist bloß Verzierung."

„Schade . . . Dann nehme ich auch nur einen Kaffee, bitte.“

Mulder wandte sich an den Sheriff: „Das Copyright für das Design der Karte liegt bei einem gewissen Hepcat Helm. Ist das jemand aus dem Ort?“

„Allerdings“, nickte der Sheriff. „Seine Werkstatt ist direkt hinter meiner Wache.“

„Ich würde gern mit ihm reden.“

Scully betrachtete die Zeichnungen noch einmal. Das paßt, dachte sie amüsiert. Mulder und der Künstler können sich darüber austauschen, wie irr das Irre werden kann.

Dann hörte sie, wie der Sheriff langsam sagte: „Ich kann Sie zu ihm bringen. Aber ich muß Sie warnen – dieser Kerl ist wirklich ein Monster.“

5

Der Sheriff klingelte an Hepcat Helms Kellerwerkstatt, dann klopfte er an die Tür.

„Keiner da", meinte Scully.

„Doch, doch." Hamilton kratzte sich am Kinn. „Er kann uns bloß nicht hören. Die Musik ist zu laut."

Scully konnte den Heavy-Metal-Sound sogar hier draußen hören.

Das dumpfe Pochen wurde zu einem wüsten Krachen, als der Sheriff die Tür auftrat. Dann folgten ihm Scully und Mulder ins düstere Reich von Hepcat Helm.

Der Sheriff hatte gut daran getan, sie vor Monstern zu warnen. Hier waren sie allgegenwärtig: Monster mit Ballonköpfen und gespaltenen Zungen. Monster, denen die Augäpfel aus dem Schädel hingen. Monster mit kreischenden Opfern zwischen blutverschmierten Kiefern. Monster aller Art und Größe und Form – sehr lebensecht und farbenprächtig prangten ihre Bilder an allen Wänden.

Hepcat Helm arbeitete gerade an seinem neuesten Meisterwerk, als der Sheriff seinen Namen über die laute Musik hinweg brüllte.

Hepcat legte seinen Pinsel beiseite, schaltete den

Recorder aus und lächelte seine Besucher an, wobei er einen Mund voll schiefer, gelber Zähne zeigte. Er selbst war – genaugenommen – kein Monster. Andererseits sah er auch nicht sehr nach einem Künstler aus: In seinem schmutzigen Rat-Fink-T-Shirt, den schmierigen Jeans und schwarzen Schnürstiefeln wirkte er eher wie ein Automechaniker. Tatsächlich konnte Scully entsprechende Werkzeuge inmitten des anderen Krempels herumliegen sehen, und zwischen den schaurigen Gemälden hingen vereinzelt technische Blaupausen.

„Wer sind denn die, Sheriff?“ fragte Hepcat.

„Die FBI-Agenten Dana Scully und Fox Mulder“, antwortete der Sheriff und wandte sich an die beiden. „Das ist Hepcat Helm. Er hat ein ‚Lustiges Labyrinth‘.“

Schmerzlicher Ärger zeichnete sich auf Hepcats Gesicht ab. „Mann, wie oft muß ich es Ihnen denn noch sagen. Nennen Sie es nicht so! Das ist doch nicht irgendein Glitzergruselkeller. Wenn die Leute da durchgehen, amüsieren sie sich nicht, sie fürchten sich zu Tode. Es ist kein ‚Lustiges Labyrinth‘ – es ist der Schrein des Schreckens.“

Der Sheriff zuckte mit den Achseln. „Ich find’s eher lustig.“

„Ich geb’s auf“, seufzte Hepcat und sah Mulder und Scully zum ersten Mal direkt an. „Der Sheriff versteht nichts von Kunst“, meinte er resiginiert.

„Sieht ganz so aus", tröstete ihn Mulder. „Aber machen Sie sich nichts draus. Künstler werden immer mißverstanden."

Hepcat lächelte selig, und Mulder zog die Speisekarte des *Diner* hervor. „Ich durfte diese Kostprobe Ihrer Arbeit bewundern. Sehr spektakulär."

„Ich fand das auch ziemlich gut." Hepcat reckte sich zufrieden.

„Die meisten der Figuren habe ich erkannt", fuhr Mulder fort. „Aber wer ist denn das?"

„Die Fidschi-Meerjungfrau!"

„Ach, die?" warf der Sheriff ein. „Da wäre ich nicht drauf gekommen."

„Weil Sie nicht so gut recherchieren wie ich", ereiferte sich Hepcat. „Das ist absolut authentisch. Ich habe ein echt antikes Poster kopiert. Das ist die Fidschi-Meerjungfrau bis aufs I-Tüpfelchen."

„Was bitte ist die Fidschi-Meerjungfrau?" fragte Scully.

„Die Fidschi-Meerjungfrau ist . . . Naja, die Fidschi-Meerjungfrau . . ." Hepcat kam wieder auf den Boden. Er schien überrascht zu sein, daß Scully der Name nichts sagte.

„In der Geschichte der Side-Shows gilt sie als eine Berühmtheit", erklärte der Sheriff. „Ein Super-Humbug, den Barnum sich geleistet hat."

„Barnum verkaufte sie als echte lebende Meerjungfrau", fügte Hepcat hinzu. „Aber nachdem die Leute bezahlt hatten, sahen sie bloß einen Affen, der an einen Fischschwanz angenäht war."

„Einen Affen?" fragte Mulder. Er schien plötzlich sehr interessiert.

„Einen toten Affen, um genau zu sein – ganz verschrumpelt", nickte Hepcat.

„Es sah so katastrophal aus, daß Barnum schließlich zugeben mußte, daß es eine Fälschung war", brummte der Sheriff.

„Und das war das Ende der Fidschi-Meerjungfrau?" Scully verlor langsam die Geduld. Affen und Meerjungfrauen! „An einem Tag ein Star, am nächsten vergessen? So ist das Showbiz."

„Keineswegs. Die Fidschi-Meerjungfrau war auch weiterhin eine Super-Attraktion. Barnum hat einfach nur die Werbung geändert. Er hat sie die großartigste Fälschung der Welt genannt." Der Sheriff gluckste.

„Barnum war ein Genie." Auch Hepcat kicherte begeistert. „Als er verkündete, die Fidschi-Meerjungfrau sei Betrug, wollten die Leute wissen, ob das stimmte. Er überließ es dem Publikum, herauszufinden, wo die Wahrheit endete und der Humbug begann. Und vielleicht hat Barnum seine Geschichte auch nur geändert, damit die Meerjungfrau wieder mehr Besucher anzog. Denn vielleicht war die Fidschi-Meerjungfrau gar keine Fälschung. Vielleicht war sie . . ."

Mulder beendete den Satz: „Vielleicht war die Fidschi-Meerjungfrau echt."

Scully mußte wider Willen lächeln. „Mulder, Sie hätten vor hundert Jahren leben sollen. Barnum hätte Sie als Ticketverkäufer gebrauchen können. Nein, ich nehme das zurück. Er hätte sie als Ticket*käufer* gebrauchen können."

Mulder ging nicht darauf ein und wandte sich statt dessen an den Sheriff. „Wir müssen irgendwo übernachten", sagte er. „Haben Sie irgendwelche Vorschläge?"

„Da gibt's was in der Stadt. Das *Big Top Motor Inn*. Eine Mischung aus Motel und Wohnwagenpark. Ist aber nicht besonders schick."

„Das ist in Ordnung. Wir werden nicht allzu viel Zeit auf unseren Zimmern verbringen. Wir haben schließlich zu arbeiten."

Mulder zog ein paar Fotos hervor und zeigte sie Scully und dem Sheriff. „Sehen Sie diese Abdrücke? Die hat man an mehreren der Tatorte gefunden. Bislang konnte sie niemand identifizieren. Aber ein Experte hat gesagt, sie könnten vielleicht simianisch sein."

„Simianisch?" fragte der Sheriff. „Das heißt von einem Affen, nicht?"

„Jedes affenartige Wesen", bestätigte Mulder. „Aber in unserem Fall möglicherweise tatsächlich ein Affe."

„Glauben Sie, daß die Fidschi-Meerjungfrau durchs Land zieht und Menschen umbringt?" Hamilton schüttelte ungläubig den Kopf. „Sie können doch nicht . . ."

„Sie kennen meinen Partner nicht, Sheriff", warf Scully bissig ein. „Haben Sie je von der Statistik gehört, die Barnum reich gemacht hat?"

„Was ist das für eine?" Der Sheriff sah Scully von der Seite an.

„Die Statistik zur Erfassung leichtgläubiger Prachtexemplare", knurrte Scully.

6

Inzwischen gab es fast nichts mehr in Gibsonton, das Scully sonderlich überraschen konnte. Nicht einmal der Manager des *Big Top Motor Inn*.

Sie zuckte nur unmerklich zusammen, als er aufstand, um sie zu begrüßen.

Er war gerade einmal neunzig Zentimeter groß.

Um seine Füße wieselte sein Hund. Von der Größe einer Ratte.

„Hiram B. Nutt zu Ihren Diensten“, sagte der Mann mit tiefer Stimme. „Sie wollen sicher ein Zimmer. Darf ich Ihnen unsere Honeymoon-Suite vorschlagen. Sehr romantisch, wirklich, und preiswert dazu.“

„Wir hätten gerne zwei Einzelzimmer, möglichst beieinander,“ sagte Mulder höflich. „Ms. Scully und ich sind . . . Geschäftsfreunde.“

„Da kann ich Ihnen sicherlich behilflich sein“, dröhnte Nutt. „Wir haben zwei freie Wagen, Seite an Seite.“

„Das ist wunderbar.“ Mulder nickte. Dann betrachtete er Nutt und fragte: „Sagen Sie, haben Sie viel im Zirkus gearbeitet?“

Nutt richtete sich zu voller Größe auf. „Wie kommen Sie darauf, daß ich jemals einen Zirkus betreten habe? Oder dort sogar wie ein Sklave geschuftet haben könnte?“

„Tut mir leid“, sagte Mulder versöhnlich. „Ich weiß, daß viele Bürger hier früher im Zirkus gearbeitet haben. Deshalb dachte ich . . .“

Nutt schniefte laut. „Sie dachten, weil ich klein bin, ist das einzige, was ich im Leben tun kann, zum Zirkus zu gehen“, rief er aufgebracht. „Ein schneller Blick und Sie dachten, Sie wüßten alles über mich.“

„Nun, ich . . .“ Mulder wollte zu einer Entschuldigung ansetzen.

Aber Nutt war noch nicht fertig. „Sie sind nicht auf die Idee gekommen, daß jemand von meiner Größe einen Abschluß in Hotel-Management besitzen könnte.“ Nutt zeigte auf ein gerahmtes Diplom an der Wand. „Oder daß ich in den besten Häusern des Landes gearbeitet haben könnte. Als Manager, und nicht als Laufbursche in einer lächerlichen Uniform.“

„Hören Sie, ich wollte nicht. . .“, versuchte Mulder es erneut.

Doch Nutt war nicht zu stoppen. „Nein. In Ihren Augen kann ein kleiner Mensch wie ich kein angesehener Geschäftsmann sein, sondern nur ein . . . ein . . . Clown!“

Endlich gelang es Mulder zu sagen: „Ich wollte Sie nicht beleidigen.“

„Beleidigen? Warum sollte ich beleidigt sein? Es liegt in der Natur der Menschen, vorschnelle Urteile über andere zu fällen, die nur auf deren Aussehen basieren. Ich habe doch dasselbe auch mit Ihnen getan."

„Haben Sie?" Mulder war überrascht. „Und zu welchem Schluß sind Sie gekommen?"

„Ich habe Ihr amerikanisches Durchschnittsgesicht gesehen, Ihr Gesicht ohne Lächeln, Ihren langweiligen Schlips. Und ich habe geschlossen, daß Sie für die Regierung arbeiten", sagte Nutt. „Sie sind . . . ein FBI-Agent."

„Was Sie nicht sagen?" Mulder unterdrückte ein Grinsen.

„Ich hoffe, Sie verstehen, worum es mir geht", dozierte Nutt weiter. „Ich wollte Ihnen vor Augen führen, wie dumm es wäre, Sie als Typ und nicht als Individuum zu betrachten."

„Aber ich *bin* FBI-Agent . . ." Mulder zeigte Nutt seine Dienstmarke.

Stille.

Schließlich faßte sich Nutt: „Bitte unterschreiben Sie hier."

Mulder nahm einen Stift vom Tresen, trug sich ins Hotelbuch ein und reichte ihn an Scully weiter.

„Sind Sie auch FBI-Agentin?" fragte Nutt vorsichtig.

„Ja."

„Aber . . . Sie sind eine Frau . . ." Nutt bekam den Mund nicht wieder zu.

„Vielleicht ist es Ihnen noch nicht aufgefallen, Mr. Nutt, aber es gibt die merkwürdigsten Dinge auf dieser

Welt." Scully gab ihm den Stift zurück. Sie verzog keine Miene.

Ohne ein weiteres Wort bediente Nutt die Pagenklingel.

Scully erkannte den Gepäckträger, als er auftauchte. Sie hatte ihn auf der Beerdigung gesehen. Genauer gesagt: sie hatte ‚die beiden' auf der Beerdigung gesehen. Es war der Mann, aus dessen Bauch ein kopfloser Körper wuchs.

Sein Flachmann war nicht in Sicht. Doch so, wie er schlingerte, hatte er ihn heute schon mehr als einmal geleert.

„Lanny wird Ihr Gepäck tragen und Sie auf Ihre Zimmer bringen", sagte Nutt knapp.

„Hier lang", lallte Lanny mit kehliger Stimme. Er nahm ihr Gepäck, richtete sich auf und taumelte zur Tür hinaus.

Mulder und Scully gingen rechts und links von ihm, während er auf ihre Wohnwagen zuschlingerte.

„Sagen Sie, haben Sie viel im Zirkus gearbeitet?" Mulder klang betont gleichgültig.

Scully wollte sich schon für Mulders unschickliche Frage entschuldigen – Nutts Tirade hatte ihr für diesen Tag gereicht – doch Larry entgegnete stolz: „Ich habe den Großteil meines Lebens auf der Bühne verbracht. Ich war die Hauptattraktion."

„Hat es Ihnen nichts ausgemacht, daß die Leute Sie . . . anstarren?" Scully schielte verstohlen auf Lannys Bauch.

„Der beste Job, den ich je hatte“, befand Lanny eindeutig. „Ich mußte einfach nur dastehen. Ab und zu habe ich gesagt: ‚Meine Damen und Herren, darf ich Ihnen meinen Bruder Leonard vorstellen. Bitte entschuldigen Sie – er ist schüchtern.‘“ Lanny deutete auf den kleinen Körper, der aus seinem Bauch herauswuchs.

„Ihr Auftritt ist gut angekommen“, schmunzelte Mulder.

„Oh ja, die Leute haben gelacht, das kann ich Ihnen sagen, die haben gelacht . . .“ leierte Lanny und driftete mit verschwommenem Lächeln in vergangene Zeiten.

„Warum haben Sie aufgehört?“

Lanny schnitt eine Grimasse. „Mr. Nutt, der freundliche Manager von hier, hat mich überzeugt. Er hat mir gesagt, daß es falsch wäre, davon zu leben, daß ich meine Deformation zur Schau stelle. Also habe ich beim Zirkus gekündigt, um meine Würde zu retten. Und jetzt trage ich anderen Leuten das Gepäck.“

Er stellte die Koffer ab und wischte sich mit einem Taschentuch über die Stirn. „Da vorne sind Ihre Wagen“, ächzte er und gab Mulder die Schlüssel. Er beugte sich herunter, um die Koffer wieder aufzunehmen, doch Mulder stoppte ihn. „Lassen Sie. Das schaffen wir schon.“

„Oh, danke schön“, strahlte Lanny, streckte die Hand aus und schüttelte Mulders. „Gute Nacht, schlafen Sie gut, und sein Sie vor Wanzen auf der Hut“, murmelte er. „Womit ich nicht sagen will, daß wir Wanzen haben. Ich meine bloß, daß Sie, äh, sich nicht . . .“

„. . . von der Fidschi-Meerjungfrau beißen lassen“, schlug Mulder vor.

„Genau!“ sagte Lanny mechanisch. Dann runzelte er die Stirn. „Fidschi-Meerjungfrau?“ Er gab auf. Das war zu viel für ihn. Er taumelte davon, den Flachmann an den Lippen.

Mulder blickte ihm nach, dann sah er hinunter auf seine Hand.

„Was ist?“ Scully folgte seinem Blick.

Mulder zeigte ihr eine Dollarnote. „Lanny hat mir ein Trinkgeld in die Hand gedrückt . . .“

„Lanny sollte sich mal überlegen, welcher Job zu ihm paßt“, feixte Scully und nahm ihren Koffer.

„Ich glaube nicht, daß Mr. Nutt das Ergebnis gefallen würde“, meinte Mulder und nahm seinen.

„Sagen Sie, Mulder, was soll das eigentlich mit dieser Fidschi-Meerjungfrau?“ fragte Scully nach einer kurzen Pause. „Das meinen Sie doch nicht ernst!“

„Bei jeder Mord-Ermittlung braucht man eine Liste von Verdächtigen, Scully. Wir müssen die Augen offenhalten für alle ungewöhnlichen Menschen oder Geschehnisse. Wir können nichts voreilig streichen.“

„Einverstanden, aber da gibt es ein Problem.“

„Welches?“

„In dieser Stadt, Mulder, wird unsere Liste der Verdächtigen so lang werden wie das örtliche Telefonbuch.“

7

In dieser Nacht warf sich Mulder in seinem Wohnwagen unruhig auf dem Bett hin und her.

Er hatte einen Alptraum.

Er verfolgte einen nackten, haarlosen, gesichtslosen Mann durch wirbelnden Nebel.

Aus irgendeinem Grund war es wichtig, unendlich wichtig für Mulder, diesen Mann zu stellen. Doch je schneller er rannte, desto größer wurde der Abstand zwischen ihnen. Je mehr er sich anstrengte, den Mann zu erkennen, desto dichter wurde der Dunst.

Als der Nebel den Fliehenden fast völlig verschluckt hatte, rief Mulder ihm keuchend hinterher: „Sag mir wenigstens deinen Namen!"

Die Antwort hallte höhnisch durch den Wald: „Conundrum!"

Mulder wachte schwitzend auf, der Name wummerte wie ein Donnerschlag durch seinen Kopf.

Conundrum . . .

Conundrum . . .

Conundrum . . .

Das Wort war nicht das Problem. Er wußte, was es bedeutete – doch das brachte ihn nicht weiter.

Conundrum . . . ein anderes Wort für ein Rätsel ohne Antwort.

Auch Scully wälzte sich in dieser Nacht von der einen auf die andere Seite. Auch sie wurde von einem Alptraum heimgesucht.

Sie war allein in einem leeren, dämmrigen Raum, allein mit Lanny.

Doch Lanny war nicht so wie zuvor.

Sein Kopf wuchs jetzt aus seinem Bauch, und der körperlose Kopf seines siamesischen Zwillingsbruders ragte zwischen seinen Schultern empor.

Doch das hinderte Lanny nicht daran, mit ihr zu reden.

Das Problem war, daß seine Worte unverständlich waren.

„Wie bitte?“ fragte Scully immer wieder. „Was wollen Sie mir sagen?“

So sehr sie sich auch bemühte, sie konnte ihn nicht verstehen . . . Sie wußte bloß, daß er verzweifelt versuchte, ihr etwas sehr Wichtiges mitzuteilen.

Und je öfter sie ihn fragte, desto undeutlicher wurde seine Aussprache – bis sie schließlich nicht mehr menschlich klang.

Scully erwachte im Dunkeln, ein zermürbendes Hämmern hinter ihrer schweißbedeckten Stirn.

In dieser Nacht waren Mulder und Scully nicht die

einzigen, die Alpträume hatten. Hepcat Helm hatte einen schlimmeren. Und Hepcat schlief noch nicht einmal.

Hepcat liebte es, zu später Stunde zu arbeiten. An diesem Abend stand er in seinem Studio und stellte einen effektvollen Spiegel für das Labyrinth fertig.

Er trat zurück, um sein Werk zu begutachten. Im Zerrspiegel sah sein Bild wie eine lange, widerlich gewundene Schlange aus.

„Perfekt“, murmelte er leise. „Da kriegen die Kunden was für ihr Geld.“

Dann riß er die Augen auf.

Neben seinem Spiegelbild war noch etwas anderes. Eine andere gewundene Form.

Sie war lang und blaß und abartig verdreht.

„Was zum . . .“ Er wirbelte herum, wütend darüber, daß sich jemand in sein Studio geschlichen hatte. Doch nicht einmal das schreckliche Bild im Spiegel hatte ihn auf das vorbereiten können, was er nun sah.

„Neeeeein . . .!“ schrie er und riß abwehrend die Arme hoch.

Vergeblich. Auch seine kräftigen Hände konnten ihn nicht vor der unmenschlichen Gewalt schützen, mit der er angegriffen wurde.

Kraaack!

Sein Hinterkopf schlug hart gegen den Spiegel und ließ das Glas mit einem trockenen Knacken in tausend Stücke zersplittern.

Hepcat Helms Alptraum endete nicht mit dem Erwachen – sondern in einem endlosen Schlaf.

Als Mulder in der Dämmerung erwachte, konnte er sich noch gut an seinen Traum erinnern.

Er beschloß, eine Runde zu laufen. Er wollte warmen Schweiß auf der Haut spüren, nicht kalten. Und er wollte einen klaren Kopf bekommen.

Doch als er aus dem Wohnwagen trat, kam es ihm vor, als sei er in seinen Traum zurückgekehrt. Morgennebel umhüllte ihn. Nichts als Schweigen und dämmrige Nässe. Er lief los – der Nebel würde verschwinden, wenn die Sonne höher stand.

Der Nebel war immer noch dick, als er nach vier Meilen eine schmale Brücke erreichte. Er blieb stehen. Sollte er den Fluß überqueren oder umkehren?

Er war schnell gelaufen. Er stand am Ufer und atmete tief durch . . . Da bemerkte er eine Bewegung aus den Augenwinkeln – und ihm stockte der Atem.

Ein Kopf tauchte aus dem Wasser auf. Der Kopf eines kahlen Mannes, zwischen dessen Kiefern ein Fisch zappelte.

Mulder beobachtete, wie der Mann sich aus dem Wasser auf das gegenüberliegende Ufer stemmte.

Sein tropfnasser Körper war ebenso haarlos wie sein Kopf, seine Haut war über und über mit blauen, roten und grünen Tätowierungen übersät.

Ein Mann aus einem Alptraum. Der Mann aus Mulders Alptraum. Und der Alptraum war Wirklichkeit, wie er dort am anderen Ufer kauerte und gierig den lebenden Fisch verschlang.

Leise schlich Mulder über die Brücke.

Doch der Mann hatte das Gehör einer Katze. Kauend hob er den Kopf, als er Mulder bemerkte, – und rannte im gleichen Augenblick los. Er war klein und stämmig, lief jedoch leichtfüßig und schnell wie ein Reh.

Nicht einmal mit einem optimalen Start hätte Mulder ihn schnappen können. Und erschöpft von seinem Dauerlauf gab er schon nach ein paar hundert Metern auf. Keuchend sah er den Mann im Nebel verschwinden, während er die Hände auf die Knie stützte.

„Kaffee", murmelte er und starrte auf den Boden. „Ich muß Kaffee trinken ... Mulder, werd endlich wach!"

Scully wurde von einem lauten Klopfen an ihrer Tür geweckt. Stöhnend setzte sie sich im Bett auf. Sie wartete eine Minute in der Hoffnung, das Klopfen möge verschwinden, – doch es wurde nur energischer.

Sie zog ihren Morgenmantel an und öffnete die Tür. Lanny stand vor ihr.

„Entschuldigen Sie, Ma'am." Lanny war wieder halbwegs nüchtern. „Aber der Sheriff ... Er möchte Sie sehen."

„Uh-huh." Scully schüttelte sich – nicht nur wegen

der frischen Morgenluft. Nach ihrem Traum konnte sie ihren Blick nicht von Lannys siamesischem Zwilling lösen. Sie wußte, daß sie ihn nicht anstarren sollte, aber das, was da aus seinem Bauch wuchs, faszinierte sie.

Es war das erste Mal, daß sie einen Blick aus nächster Nähe auf dieses merkwürdige Wesen werfen konnte. Sie sah, daß es irgendwie keinen richtigen Kopf hatte, aber doch eine Art Erhebung zwischen den Schultern. Auf dieser Erhebung erkannte sie Vertiefungen, die vielleicht Augen und Ohren waren ... Den Rest des Körpers konnte sie allerdings nicht ausmachen. Der Zwilling trug eine Jacke, die zu der von Lanny paßte, die Ärmel waren jedoch an den Seiten mit Sicherheitsnadeln befestigt. Scully nahm an, daß er keine Arme besaß.

Sie zwang sich, ihren Blick loszureißen, und sah Lanny in die Augen. Zur Abwechslung waren sie klar und munter.

„Noch ein Mord“, sagte er.

8

Eine Stunde später kniete Scully neben Hepcat Helms Körper. Sheriff Hamilton stand hinter ihr und beobachtete sie. Mulder sah sich in Hepcats Werkstatt um.

Scully hatte einen Abschluß in Medizin und Physik – doch mit der Verletzung in Hepcats Mitte wußte sie nichts anzufangen.

„Sieht aus wie die Wunde, an der Jerald Glazebrook gestorben ist." Sie richtete sich auf. „Was bedeutet, daß es möglicherweise derselbe Mörder war. Davon abgesehen, sind wir keinen Schritt weiter."

„Das denke ich nicht", bemerkte Mulder und gesellte sich zu ihnen. „Wir haben jetzt eine Spur, der wir folgen können."

„Was für eine Spur?"

„Eine Blutspur."

„Ich weiß, die Leiche ist voll Blut . . . Aber mir ist nicht klar, Mulder, was uns das sagt." Dann fiel ihr Blick auf das besudelte Bild, das neben Hepcat am Boden lag.

Das Bild der Fidschi-Meerjungfrau.

„Meinen Sie das, Mulder?" fragte sie zweifelnd. „Ich glaube, mit dieser Theorie sollten wir erstmal Pause machen."

„Das Bild ist nicht uninteressant“, sagte Mulder langsam. „Aber ich rede von etwas anderem.“

Er zeigte auf eine getrocknete Blutspur, die von der Leiche zu einem Fenster an der Rückseite der Werkstatt führte. „Schauen Sie sich das mal an . . .“

Scully sah, daß das Innere der Scheibe mit Blut beschmiert war.

„Der Killer hat also das Fenster geöffnet, um hinauszuklettern.“ Scully wandte sich wieder den Männern zu. „Was haben wir davon – außer noch mehr von Hepcats Blut?“

„Ich rede nicht über *das* Fenster“, präzisierte Mulder. „Schauen Sie sich mal das kleine darüber an. Ich glaube, dort ist der Killer eingestiegen.“

Scully stellte sich auf die Zehenspitzen.

Zunächst sah sie nichts. Dann sagte sie: „Dieser Fleck draußen auf dem Glas. Sieht aus wie verschmiertes Blut.“

„Es würde mich überraschen, wenn es das nicht wäre, Scully. Der Killer hat diese Spur vielleicht hinterlassen, als er hereingekommen ist.“

„Aber wieso gab es *vor* dem Mord schon Blut? Das ergibt doch . . .“ Scully dämmerte, was Mulder meinte. „Ich verstehe. Das Blut außen am Fenster ist nicht von Hepcat. Es ist vom Mörder!“

Mulder schob die Hände in die Hosentaschen. „Wir werden es testen,“ lächelte er zufrieden.

„Wir können die Blutgruppe im Krankenhaus feststellen lassen“, sinnierte Scully laut. „Das verkürzt die Liste der Verdächtigen. Aber nur die DNA kann den Mörder überführen, und dafür muß ich eine Probe nach Atlanta schicken. Die kommt vielleicht wochenlang nicht zurück. Das Verfahren ist sehr aufwendig – und sie haben eine lange Warteliste.“

„Soviel Zeit haben wir wahrscheinlich nicht, bevor der Mörder wieder zuschlägt.“ Mulder fixierte nachdenklich den kleinen Fleck auf der Scheibe. „Es scheint, als würde er an Tempo zulegen. Die Zeit zwischen den Morden wird kürzer. Irgend etwas macht ihn nervös.“

„Vielleicht fühlt er sich bedroht, weil wir hier sind . . .“

„Vielleicht ja, vielleicht nein. Schwer zu sagen, weil eigentlich nichts an diesen Verbrechen irgendeinen Sinn ergibt.“

„Das können Sie laut sagen“, mischte sich der Sheriff ein, der ihrem Gespräch schweigend zugehört hatte. „Ich meine, warum ist der Mörder nicht durch die offene Tür hereingekommen? Es ist praktisch unmöglich, daß sich jemand durch das kleine Fenster da quetscht. Der Killer müßte eine Kreuzung aus Akrobat und Schlangenmensch sein.“

„Genau.“ Mulder klopfte dem Sheriff vergnügt auf die Schulter. „Man könnte sagen, er gehört in einen Zirkus.“

„Besser in eine Gummizelle“, grunzte der Sheriff.

„Warten Sie mal . . . wen kennen wir, der ebenso talentiert wie verrückt ist?“ fragte Scully langsam.

Ihr Blick traf den Mulders, und er nickte ihr beinahe unmerklich zu.

„Könnten Sie die Blutproben ins Labor bringen, Sheriff?“ bat sie. „Wir müssen jemanden anrufen.“

„Einen passenden Verrückten hätten wir“, sagte Scully zu Mulder.

Sie standen vor einem Fahnenmast, der zwischen den Wohnwagen des *Big Top Motor Inn* aufragte.

Der Mann in der Zwangsjacke hing mit dem Kopf nach unten an der Spitze und zappelte wie ein Fisch an der Angel, um sich zu befreien.

Am Fuß des Mastes kochte in einem großen schwarzen Topf Wasser über einem kleinen Feuer. Eine automatische Winde ließ den Mann langsam auf den brodelnden Bottich hinuntersinken. In einigen Minuten würde er das Schicksal vieler Hummer teilen.

Der Kopf des Mannes war nur noch etwa einen Meter vom kochenden Wasser entfernt, als er sich die Zwangsjacke blitzschnell über den Kopf zog und zu Boden warf. Schwungvoll richtete er sich auf, packte das Seil und hielt sich mit einer Hand fest. Dann hob er seine Füße und löste die Knoten um seine Knöchel. Schließlich sprang er triumphierend zu Boden und zog eine Stoppuhr aus seiner Hosentasche. Erst jetzt bemerkte er Mulder und Scully.

„Kein Applaus?“ näselte Dr. Blockhead verwundert. „Wieviele Leute kennen Sie, die sich in weniger als drei Minuten aus einer Zwangsjacke befreien können?“

„Glücklicherweise keine.“ Scullys Stimme klang sachlich.

„Ich sehe schon, Sie haben kein Verständnis für die Kunst“, seufzte Dr. Blockhead.

„Ganz im Gegenteil.“ Mulder schüttelte entschieden den Kopf. „Wir haben Sie schon gestern beim Begräbnis bewundern dürfen. Kein schlechter Trick, die Nummer mit dem Schienennagel.“

Fassungslos starrte Blockhead Mulder an. „Dr. Blockhead präsentiert keine simplen ... *Tricks*“, verkündete er nach einer angemessenen Pause.

„Sie hätten mich fast getäuscht“, räumte Mulder ein. „Eigentlich haben Sie das sogar. Ja, so ist das mit dem Showbiz – manchmal kann man seinen eigenen Augen nicht trauen.“

„Wollen doch mal sehen, ob ich nicht einen wahren Gläubigen aus Ihnen machen kann“, grantelte Dr. Blockhead und ging zu einem Tisch, auf dem verschiedene metallisch glänzende Gegenstände lagen, die alle ausgesprochen scharf aussahen.

„Dr. Blockhead präsentiert zahlreiche, lebensgefährliche Acts, die noch viel erstaunlicher sind als das, was Sie bei der Beerdigung gesehen haben“, posaunte er. „Atemberaubende Nummern, die Ihr Hirn verdrehen. Die für unerträgliche Schmerzen stehen.“

Er nahm zwei widerlich aussehende Hutnadeln zur Hand, an deren Ende sich metallene, grinsende Totenschädel befanden. Nachdenklich betrachtete er sie und schob die Unterlippe vor. „Nicht gut genug ... Nicht für ein Publikum mißtrauischer FBI-Agenten. Ich brauche etwas Beeindruckenderes."

Er legte die Hutnadeln beiseite und ergriff statt dessen einen Hammer und einen langen eisernen Nagel.

„Perfekt! Schauen Sie genau hin und versuchen Sie, nicht zu zwinkern. Oder schauen Sie weg. Ich hoffe, Sie haben nicht gerade gegessen?"

Langsam führte Dr. Blockhead den Nagel in sein rechtes Nasenloch ein. Als er ihn mit bloßer Hand nicht mehr weiter voranschieben konnte, schlug er ihn mit dem Hammer tiefer hinein.

Scully biß die Zähne zusammen. Sie wollte Dr. Blockhead nicht die Genugtuung bereiten, daß sie den Blick abwandte oder auch nur mit der Wimper zuckte.

„Sie müssen zu diesen Leuten gehören, deren Nervenenden keinen Schmerz übertragen", sagte sie ruhig.

Dr. Blockhead lächelte sie an, der Nagel ragte immer noch aus seinem Nasenloch. „Allerdings", erwiderte er selbstgefällig. „Sagen Sie sich das nur immer wieder vor."

Immer noch grinsend legte er den Hammer beiseite und nahm eine Zange zur Hand. Damit packte er den Kopf des Nagels und zog daran.

„Hat diesen Tri ... ich meine, diese tollkühne

Schmerzensnummer schon mal jemand anders vorgeführt?" fragte Mulder.

Dr. Blockhead hielt inne, der Nagel ragte halb aus seinem Nasenloch. „Ich sage meinen Zuschauern, wenn sie dumm genug sind, das selber zu probieren, werden sie ein Loch dort haben, wo einst ihr winziges Hirn war. Aber Sie als Bundesagenten könnten es sicherlich riskieren."

„Besten Dank – heute nicht." Scully schüttelte sich vor Ekel.

„Kluge Entscheidung." Dr. Blockhead schien entzückt. „Überlassen Sie es den Profis."

Er packte den Nagel wieder mit der Zange. Aber bevor er ihn endgültig herausziehen konnte, trat Mulder einen Schritt vor.

„Darf ich?"

„Aber gern . . ." Dr. Blockhead drückte Mulder die Zange in die Hand.

„Wie genau wird man eigentlich ein professioneller Blockhead?" wollte Mulder wissen. „Das heißt doch Dummkopf, nicht wahr?"

„Ich habe damit angefangen, als ich im Jemen aufwuchs. Danach bin ich durch die Welt gereist und bei den Großmeistern der Körperkontrolle in die Lehre gegangen. Ich war Schüler von Yogis, Fakiren, Swamis und anderen, welche die Geheimnisse dieser alten Kunst beherrschen."

„Dann ist es wohl erträglich, wenn ich das übernehme“, meinte Mulder und zog den Nagel mit einem kräftigen Ruck heraus. Die Spitze glänzte rot vor Blut.

„Gut gemacht“, lobte Dr. Blockhead. „Wenn Sie jemals einen neuen Job suchen, könnte ich Sie als Assistent gebrauchen. Natürlich wäre Ihre Partnerin hier noch besser geeignet. Das Publikum liebt hübsche Mädchen – solange sie sich nicht übergeben.“

Er wandte sich an Scully. „Es tut mir leid, wenn ich Ihnen Übelkeit bereitet haben sollte. Aber Sie haben es nicht anders gewollt.“

„Machen Sie sich keine Sorgen“, erwiderte Scully und nahm all ihre Selbstbeherrschung zusammen. „Ich bin sogar ganz froh, daß Sie den kleinen Auftritt absolviert haben. Jetzt wird mich nichts mehr erschüttern.“

„Ach wirklich?“ Dr. Blockhead fletschte grinsend die Zähne. „Sollen wir das mal überprüfen?“

Und bevor Scully antworten konnte, griff Dr. Blockhead erneut nach dem Hammer.

9

Das kann nicht wahr sein, sagte sich Scully immer wieder. Doch sie mußte ihren eigenen Augen wohl trauen.

Zuerst ging Dr. Blockhead zu dem großen Bottich.

Dann schlug er kräftig mit seinem Hammer dagegen.

Der Kopf eines Mannes tauchte aus der kochenden Flüssigkeit.

Der Schädel war absolut kahl. Es folgte ein haarloser Körper voller Tätowierungen, als der Mann sich aus dem Topf stemmte.

Tropfend stand er schließlich in seinem Lendenschurz vor ihnen und lächelte blöde.

„Meine Damen und Herren – oder sollte ich sagen: FBI-Agent und FBI-Agentin? –, das ist der Conundrum-Mann“, verkündete Dr. Blockhead dramatisch.

Scully sah, daß Mulder völlig fassunglos war. Er starrte auf den Haarlosen, als sähe er einen lebenden Alptraum.

Dr. Blockhead war höchsterfreut. Er war kurz davor, sich zu verbeugen, – daß sein Publikum schockiert war, bedeutete ihm ebensoviel wie anderen der tosendste Applaus.

„Was ist los?“ spöttelte er. „Haben Sie noch nie einen Mann aus dem Wasser steigen sehen?“

Mulder faßte sich nur langsam. „Doch, das habe ich, und zwar heute morgen am Fluß. Er hat einen lebenden Fisch verschlungen.“

Jetzt war es an Dr. Blockhead, schockiert zu sein. Mehr noch. Er wurde wütend. „Ich habe ihm immer wieder gesagt, daß er das lassen soll. Häppchen zwischen den Auftritten verderben ihm den Appetit.“

„Ich könnte mich irren“, sagte Mulder, der sich nun wieder vollends unter Kontrolle hatte. „Vielleicht war es ein anderer kahler, über und über tätowierter Mann, den ich gesehen habe.“

„Soll das heißen, daß dieser . . .?“ fragte Scully Dr. Blockhead, dann schwieg sie. „Wie war sein Name noch mal?“

Mulder antwortete, bevor Dr. Blockhead den Mund aufmachen konnte. „Der Conundrum-Mann.“

„Beschäftigt sich Mr. Conundrum auch mit Körperkontrolle?“ Scully versuchte, sich wieder auf den Fall zu konzentrieren.

„Nicht wirklich.“ Dr. Blockhead wippte auf den Zehenspitzen. „Ich habe ihm ein paar einfache Dinge beigebracht, zum Beispiel, es in kochendem Wasser auszuhalten. Aber sein Fachgebiet ist ein anderes. In der Zirkussprache ist der Conundrum-Mann ein Allesfresser.“

„Ein Allesfresser?“ Scully warf einen schnellen Blick auf das tropfende Ungeheuer.

„Er ißt lebende Tiere“, erklärte Mulder.

„Er ißt alles“, verbesserte ihn Dr. Blockhead. „Lebende Tiere. Tote Tiere. Steine. Glühbirnen. Korkenzieher. Batterien. Preiselbeeren.“

„Wie steht es mit Menschenfleisch?“ fragte Scully scharf. Sie sprach nicht mit Dr. Blockhead – sie wandte sich trotz ihrer Abscheu an den Conundrum-Mann selbst.

Der Mann antwortete mit einem schiefen Lächeln. Einem verrückten Lachen.

„Der Conundrum-Mann beantwortet keine Fragen“, führte Dr. Blockhead zufrieden aus. „Er *ist* eine Frage. Er ist ein lebendes Rätsel, ein verwirrendes Geheimnis. Wenn das Publikum seinen berühmten Menschlicher-Piranha-Auftritt sieht, muß es sich einfach fragen, wie er so unmenschliche Dinge tun kann – und warum?“

„Eine gute Frage.“ Scully hatte allmählich genug von Dr. Blockhead, seinen sogenannten Kunststücken – und seiner Blasiertheit.

„Yeah . . .“ Mulder fuhr sich durch die Haare. „Daran haben wir jetzt eine Weile zu kauen.“

Ein Lächeln breitete sich auf Dr. Blockheads Gesicht aus. „Aber wo bleiben bloß meine Manieren?“ Er klatschte spielerisch in die Hände. „Was bin ich nur für ein schlechter Gastgeber. Darf ich Ihnen eine kleine Erfrischung anbieten?“

Er nahm eine Dose zu Hand, öffnete sie und hielt sie Scully unter die Nase.

„Ist das das, was ich glaube, daß es das ist?“ fragte sie.

„Die schönste Mischung lebender Heuschrecken, die man für Geld bekommen kann“, deklamierte Dr. Blockhead. „Und erst kürzlich gefangen. Wenn Sie mir nicht glauben, hier steht das Haltbarkeitsdatum.“

„Ich glaube Ihnen!“ Scully starrte in die Dose, dann sagte sie mit wachsender Begeisterung: „So viele! Da wird es schwer, sich zu entscheiden. Die hier? Nein, die ist etwas zu mager. Die da? Nein, ein bißchen zu fett, und ich muß doch auf meine Cholesterinwerte achten. Aber *die* - der Traum eines jeden Heuschrekken-Liebhabers.“

Sie langte hinein, nahm eine Grille heraus, schob sie sich in den Mund und biß herzhaft zu. Sie lächelte Dr. Blockhead an. „Ganz herzlichen Dank.“ Ein Augenaufschlag à la Doris Day. „Aber jetzt muß ich gehen. Wenn ich bleibe, werde ich bloß zum Ferkel. Sie wissen ja ... Das ist wie mit Erdnüssen – wahnsinnig schwer, bei einer zu bleiben.“

Sie strahlte Dr. Blockhead noch einmal an, wandte sich um und ging davon.

„Diese Scully ...“ Mulder sah ihr nach und schüttelte den Kopf. „Man fragt sich wirklich, wie sie ihr Gewicht hält.“

Er winkte Dr. Blockhead und dem Conundrum-Mann zum Abschied zu und folgte seiner Partnerin.

Als er sie erreichte, sagte er: „Erinnern Sie mich

daran, Sie nie zu einer Mutprobe herauszufordern. Sie würden alles tun, um zu gewinnen."

Statt einer Antwort faßte Scully hinter Mulders Ohr. Grinsend zog sie eine lebende Heuschrecke hervor. „Ein alter Trick, den mein Onkel mir gezeigt hat. Er war Hobby-Zauberer – aber er war trotzdem besser als diese beiden Typen."

Mulder schwieg, und Scully fragte: „Das sind doch alles Tricks, oder? Ich meine, was dieser Dr. Blockhead da mit sich anstellt . . . das kann doch nicht wahr sein. Und dieses kochende Wasser, in dem der Conundrum-Mann angeblich ausgeharrt hat. Irgendeine Maschine hat das Blubbern verursacht! Und Mr. Conundrum hatte einen Sauerstoffbehälter!"

„Vielleicht." Mulder kniff die Augen zusammen.

„Vielleicht? Ganz sicher, Mulder, ganz sicher."

„Ich weiß, daß es Ihnen gegen den Strich geht, so zu denken – aber im Zirkus ist nichts sicher, Scully", sagte Mulder langsam. „Das ist wie bei einer Zwiebel. Man entfernt Schicht um Schicht irgendwelchen Humbug, um an die Wahrheit heranzukommen. Und am Ende hat man – nichts."

„Humbug oder nicht, Hepcat Helms blutige Leiche ist nun mal keine Illusion."

„Und das Blut des Mörders am Tatort auch nicht", stimmte Mulder zu. „Genausowenig wie das Blut an dem Nagel, den ich aus Blockheads Nase gezogen habe. Und auch das hier nicht . . ."

Mulder hob die Hand und zauberte einen langen metallenen Gegenstand aus der Luft. Einen Nagel mit getrocknetem Blut an der Spitze.

„Jeder hat einen Onkel, der Hobby-Zauberer ist . . .“

10

„Vielleicht können wir Dr. Blockhead damit festnageln.“ Mulder wog den Metallstift in der Hand. „Wir können herausfinden, ob das Blut zu dem Blut am Fenster paßt. Ich bringe den Nagel ins Labor.“

„Aber das beweist gar nichts“, rief Scully. „Nur daß die Blutgruppe übereinstimmt.“

„Immerhin wäre das mehr, als wir jetzt gegen ihn haben . . . Nämlich nichts.“ Vorsichtig schlug Mulder den Nagel in ein sauberes Taschentuch und steckte ihn in die Tasche. „Kommen Sie mit?“

„Nein, gehen Sie allein . . . Ich möchte ein paar Sachen überprüfen. Diese Zirkuswelt erscheint mir ziemlich merkwürdig. Ich muß mehr darüber herausfinden.“

„Wie das?“ Mulder war von Scullys Interesse überrascht.

„An der Hauptstraße habe ich so eine Art Zirkusmuseum gesehen.“ Scully deutete in Richtung Ortszentrum. „Dort fange ich an.“

„Gute Idee . . .“ Mulder nickte aufmunternd und wandte sich zum Gehen. „Wir treffen uns dann heute abend an Ihrem Wagen.“

Mulder fuhr mit dem Mietwagen zum Labor, Scully

verließ den Wagenpark des *Big Top* zu Fuß. Als sie zwischen den Wohnwagenreihen entlang ging, passierte sie eine menschliche Pyramide aus Akrobaten, einen Mann, der mit Messern nach einem anderen warf, und eine Schar kleinwüchsiger Menschen, die das Ein- und Aussteigen in einen sehr kleinen Wagen übten. Jede Truppe hielt in ihrem Tun inne und wartete, bis sie vorbeigegangen war: Scully spürte die mißtrauischen Blicke wie Sandkörner auf ihrer Haut.

Als sie die Hauptstraße überquerte, wiederholte sich die Prozedur. Ein unglaublich starker Mann, der einen Berg von Gemüse trug, starrte ihr nach. Auch die Frau hinter ihm, die mehrere Einkaufstüten in ihren drei Händen hielt, konnte die Augen nicht von ihr abwenden. Ebensowenig wie der Mann, dessen einziges Bein aus der Mitte seines Körpers wuchs.

„So ist das also, wenn man anders aussieht", sinnierte Scully. „Nicht ganz einfach."

Sie war erleichtert, als sie endlich das Museum erreichte, und wollte schnell hinein, um nicht noch länger angestarrt zu werden.

Von außen sah das Gebäude aus wie ein heruntergekommener Country-Laden. Ein großes Schild über der Tür verkündete in schrillen Lettern: *DAS KURIOSITÄTEN-MUSEUM*. Daneben eine Spendendose mit der Aufschrift: *Freaks umsonst! Alle anderen werden um eine Spende gebeten.*

Ob ich in Gibsonton wohl zu denen gehöre, die umsonst rein können, fragte sie sich. Um ganz sicher zu gehen, stopfte sie ein paar Dollarnoten in die Dose und betrat das Museum.

Eine Klingel schrillte, und ein großer alter Mann in einem abgetragenen schwarzen Anzug begrüßte sie. „Willkommen in meinem Museum", sagte er liebenswürdig. „Darf ich alle Fragen beantworten, die sich Ihnen vielleicht stellen?"

Scully verkniff sich die Frage, die ihr spontan in den Sinn kam ... Was war mit dem Antlitz dieses Mannes geschehen?

Wurde er so geboren – mit Gesichtszügen, die wie geschmolzenes Wachs ineinanderliefen? Oder war es die Folge einer merkwürdigen Krankheit, eines schrecklichen Unfalls?

Das sind genau die Fragen, die man in dieser Stadt nicht stellt, dachte sie.

„Vielen Dank." Sie bemühte sich um äußerste Höflichkeit. „Ich werde auf Ihr Angebot zurückkommen. Aber zuerst würde ich mir gern einige Ihrer Ausstellungsstücke ansehen."

„Seien Sie mein Gast – dann will ich Ihr Führer sein", sagte der alte Mann gravitätisch. Er führte Scully zu einer Wand voller großformatiger, alter Schwarzweißfotos. Die meisten von ihnen waren etwa um die Jahrhundertwende entstanden.

Während Scully die Aufnahmen betrachtete, leierte der Alte die Namen herunter. „Das ist Prinz Randian, der menschliche Oberkörper. Hier ist Frank Lentini, der Mann mit den drei Beinen. Das hier sind die Tocci-Brüder, zusammengewachsen, sie haben nur zwei Beine. Nun kommen wir zu Chang und Eng, den ersten und einzigen wirklichen siamesischen Zwillingen."

Vor dem lebensgroßen Foto von Chang und Eng stand ein Tisch mit einem Stapel fotokopierter Zettel. Der alte Mann reichte Scully ein Exemplar.

„Lesen Sie das, wenn Sie Zeit haben", sagte er eindringlich. „Das ist eine Kleinigkeit, die ich geschrieben habe."

Scullys Blick fiel auf die Überschrift: *Die faszinierende wahre Lebensgeschichte der wirklichen siamesischen Zwillinge.*

„Ich bin sicher, daß das Leben der beiden ausgesprochen faszinierend war", sagte sie vorsichtig. „Aber sagen Sie, war ihr Tod auch faszinierend?"

„Warum fragen Sie?" Der alte Mann hob argwöhnisch die buschigen Augenbrauen.

„Ich bin hergekommen, um den Tod eines . . . besonderen Menschen zu untersuchen. Alles, was ich über die Side-Show-Leute in Erfahrung bringen kann, könnte helfen."

„Dann darf ich Ihnen sagen, daß der Tod von Chang und Eng tatsächlich faszinierend war. An einem kalten Januarmorgen 1874 wachte Eng auf und mußte feststellen, daß sein Bruder in der Nacht verstorben war. Und ein paar Stunden später verschied auch Eng."

„Sehr interessant", meinte Scully höflich, auch wenn Zweifel in ihrer Stimme lag.

„Ich sehe schon, Sie wissen nicht, worum es geht", sagte der alte Mann bedauernd. „Ihr Tod ist nicht das, was faszinierend ist. Es ist die Tatsache, daß Eng nun dort alleine lag." Die Hand des alten Mannes packte Scullys Schulter, seine Stimme wurde lauter. „Stellen Sie sich vor, Sie müssen erkennen, daß eine Hälfte Ihres Körpers tot ist. Der Rest muß folgen. Es gibt nichts, absolut nichts, was Sie dagegen unternehmen können."

Der Mann ließ sie los. „Wirklich faszinierend", wiederholte Scully und lächelte versöhnlich. „Und wissen Sie, was die offizielle Todesursache war?"

„Chang ist an einem Hirnschlag gestorben."

„Und Eng?"

„Angst."

Scully bekam eine Gänsehaut, obwohl sie das Gespräch nur aus taktischen Gründen geführt hatte. Sie wechselte das Thema. Sie wollte endlich zur Sache kommen.

„Besitzen Sie irgendwelche Informationen über Blockhead- oder Allesfresser-Auftritte?"

„Dies hier ist eine historische Sammlung menschlicher Kuriositäten." Der alte Mann machte eine weiträumige Geste. „Blockheads sind lediglich talentierte Performer."

„Wie Zauberer?"

„Wie Schwertschlucker."

„Und Allesfresser?"

„Die sind noch nicht einmal talentiert. Sie sind auch keine Kuriosität. Sie sind bloß . . . widerlich. Sie gelten nicht mal soviel wie Mogler."

„Mogler?" Scully verstand nicht recht.

Der alte Mann deutete auf ein weiteres Foto.

„Wieder siamesische Zwillinge?" fragte Scully. Die beiden Männer waren an der Hüfte zusammengewachsen und teilten sich ein einziges Beinpaar.

„Sie müssen noch eine Menge lernen, junge Frau", brummte der Alte mitleidig. „Schauen Sie sich die Gesichter an. Ihre Züge unterscheiden sich eindeutig voneinander. Siamesische Zwillinge dagegen sind immer identisch. Diese Herren hier sind ein einziger großer Bluff. Es sind Mogler."

Scully betrachtete das Foto genauer, dann nickte sie. „Ja, ich seh's . . . Es sind zwei Männer. Der eine hat seine Beine um die Hüfte des anderen geschlungen. Ihre weiten Hosen verbergen es. Sagen Sie, sind solche Betrügereien in Side-Shows üblich?"

„Ich sage bloß, daß es etliche wohlbekannte gibt." Der alte Mann wog seinen weißen Kopf.

„Wie die Fidschi-Meerjungfrau?" fragte Scully.

Die Antwort bestand in einem leisen Kichern.

„Bitte . . . ich wäre dankbar für alles, was Sie mir über die Meerjungfrau erzählen könnten. Es könnte etwas mit dem Mord zu tun haben, den ich untersuche."

„Wenn Sie sich für den Tod des Alligator-Mannes interessieren, habe ich da etwas, das Sie vielleicht lesen möchten.“ Der alte Mann reichte Scully noch einen Zettel. Unter der Überschrift *Das exotische Leben von Jim-Jim, dem Knaben mit dem Hundekopf* prangte das Foto eines Jungen, dessen Gesicht vollständig mit langen Haaren bedeckt war.

„Was für eine Verbindung besteht da zu dem Mord an Glazebrook?“

Der alte Mann lächelte wieder. „Vielleicht gibt es eine, vielleicht nicht. Das müssen Sie selbst herausfinden.“

„Vielen Dank – das hoffe ich.“ Scully steckte den Zettel in ihre Tasche. „Ich bin dankbar für jede Hilfe, die ich bekommen kann.“

Der Alte sah Scully an und biß sich nachdenklich auf die Lippen. Dann brachte er sein geschmolzenes Wachsgesicht dicht an ihres heran. „Wenn Sie diesen Mord wirklich verstehen wollen“, raunte er, „dann habe ich da etwas, das Sie sehen sollten.“

„Was?“

„Kommen Sie mit.“ Er führte Scully zu einer Tür am Ende des Museums.

„Ich bin vor kurzem in den Besitz eines authentischen P. T. Barnum-Ausstellungstücks gelangt“, erklärte der Alte nicht ohne Stolz. „Ich zeige es nicht allen Besuchern. Nur denjenigen, die es wirklich sehen wollen und die genug Mut haben, seinen Anblick zu ertragen. Barnum hat es ‚Das große Unbekannte' genannt. Sagen Sie, wollen Sie wirklich riskieren, sich diesem Grauen zu stellen?"

„Wird es mir helfen, den Fall zu lösen?" Scully fröstelte schon jetzt.

„Sie haben mein Wort." Der alte Mann neigte feierlich sein Haupt.

„Machen Sie die Tür auf . . ." Scully holte tief Luft. Welches Exemplar aus dem Schreckenskabinett würde sie diesmal präsentiert bekommen?

„Zuerst muß ich Sie aber um zwei Gefallen bitten."

„In Ordnung. Was?"

„Sagen Sie keinem Menschen, was Sie dort drinnen gesehen haben", flüsterte der alte Mann.

„Auch nicht meinem Partner?"

Der alte Mann dachte einen Augenblick lang nach. „Nun, ihm vielleicht schon. Aber niemandem sonst", warnte er.

„Versprochen." Scully räusperte sich. Ihr Unbehagen wuchs. „Und der zweite Gefallen?"

„Eine zusätzliche Spende von zwanzig Dollar – damit ich abzahlen kann, was es mich gekostet hat", sagte der alte Mann und schlug die Augen nieder.

Scully drückte ihm das Geld in die Hand. Würde es jetzt endlich losgehen?

Der Alte steckte den Zwanziger ein, schloß die Tür auf und öffnete sie.

Scully ging hinein.

Kurz darauf schloß sich die Tür hinter ihr. Sie hörte, wie sie von der anderen Seite verriegelt wurde.

Und dann war sie allein. Allein mit dem großen Unbekannten.

11

Scully sah sich zögernd um. Sie war in einem kleinen, fensterlosen Raum gefangen, der von einer schwachen Glühbirne erhellt wurde. Die Wände waren aus Beton, feucht und voller Spinnweben. Die Luft war klamm und kalt.

Wie in einem Grab, dachte sie und zitterte.

Nur ein Gegenstand befand sich in dem Raum: Eine alte hölzerne Kiste, mit Luftlöchern in den Seiten. Sie war mit schweren Ketten fest am Boden verankert.

Immerhin ist es kein Sarg, dachte sie. Die Luftlöcher bedeuteten, daß irgend etwas darin atmete.

Scully sah, daß das große Schloß am Deckel offenstand. „Da habe ich wohl Glück – schätze ich", murmelte sie, als sie sich hinkniete und vorsichtig das Schloß entfernte.

Sie zögerte. Sie atmete tief durch. Sie versuchte, sich zu entspannen. Dann öffnete sie langsam den quietschenden Deckel.

Sie war auf alles vorbereitet – auf alles außer . . . Sie starrte in eine leere Kiste.

Im gleichen Moment leuchtete ein rotes Neonschild auf: *AUSGANG*.

In seinem rötlichen Schimmer erkannte Scully die Umrisse einer Tür.

Sie schnitt eine Grimasse.

Dieses Museum hatte ihr den Geschmack der Zirkuswelt vermitteln können, und zwar gründlich.

Humbug!

Sie hatte ihre Lektion gelernt.

Als Mulder sich am Abend Scullys Wohnwagen näherte, vernahm er plötzlich ein seltsames Geräusch. Er blieb stehen. Was war das?

Ein Scharren, gefolgt von schwerem Atem, war unter dem Wagen zu hören. Mulder spannte alle Muskeln an. Er zog seine Waffe und hoffte, daß er damit gegen den Dämon dieser Stadt überhaupt etwas ausrichten konnte. Dann ließ er sich auf Hände und Knie hinunter . . . und starrte Hiram Nutt ins Gesicht, der gerade unter dem Wohnwagen hervorkrabbeln wollte.

Beide rappelten sich auf.

„Weiß Agent Scully, daß Sie unter ihrem Wohnwagen waren?“ fragte Mulder scharf.

„Ich habe die Leitung repariert“, entgegnete Nutt pikiert.

„Aha. Aber sicher. Und sonst noch?“

Im selben Augenblick öffnete Scully die Tür. „Danke, Mr. Nutt. Das Wasser läuft wieder.“

Nutt sah Mulder triumphierend an und stapfte davon.

„Wieso haben Sie Ihre Waffe gezogen, Mulder?" Scully sah befremdet auf die rechte Hand ihres Partners.

„Äh ... Hab bloß überprüft, ob ich sie ölen muß ..." Er schob die Pistole zurück in sein Schulterholster und wechselte schnell das Thema. „Haben Sie im Museum irgend etwas herausfinden können?"

„Das könnte man so sagen ..." Scully hielt ihm die Wohnwagentür auf. „Aber", fuhr sie geschäftig fort, als er eingetreten war, „sagen Sie mir doch erst mal, wie der Labortest ausgegangen ist."

„Das Blut vom Fenster paßt zu dem Blut auf dem Nagel", berichtete Mulder. „Aber beide waren Null-positiv, was die am weitesten verbreitete Blutgruppe ist. Außerdem habe ich Dr. Blockhead überprüft. Sein richtiger Name ist Jeffrey Swaim. Er stammt auch nicht aus dem Jemen, sondern aus Milwaukee. Und er hat kein Recht, sich Dr. von irgendwas zu nennen."

„Vorstrafen?"

„Nichts außer ein paar dutzend Verstöße gegen diverse Verkehrsregeln." Mulder zuckte die Achseln. „Mit Sheriff Hamiltons Hilfe habe ich dann auch die anderen alten Side-Show-Künstler überprüft. Alle sind sauber."

„Zufälligerweise habe ich auch jemanden überprüft – nur damit mein Nachmittag nicht völlig verschwendet war."

„Wen denn?"

Scully öffnete eine Akte und las vor: „1933 wurde ein Waisenjunge im Wald Albaniens gefunden. Er war zwar imstande, sich seine Nahrung zu fangen, aber er konnte kein Wort sprechen, er konnte nur grunzen."

„Interessant", unterbrach Mulder. „Aber was hat das mit . . ."

„Hören Sie zu. Es wird noch interessanter", sagte Scully und las weiter. „Er wurde in dieses Land gebracht und in einem verschlossenen Käfig ausgestellt. Das Publikum beobachtete begeistert, mit welcher Gier er sich auf rohes Fleisch stürzte. Doch dann gelang es ihm, aus dem Zirkus zu fliehen. Er verschwand spurlos, bis er in Gibsonton wieder auftauchte. Hier allerdings begann er dann eine Karriere als Gesetzeshüter. Er erwies sich als ausgesprochen talentiert – und die letzten vier Amtszeiten war er Sheriff."

„Wollen Sie sagen, das ist Sheriff Hamilton?" Mulder riß die Augen auf.

„Ich will Ihnen sagen, daß er – bevor er Sheriff Hamilton wurde – Jim-Jim, der Knabe mit dem Hundegesicht, war."

Scully zog das Flugblatt, das sie im Museum erhalten hatte, aus der Akte. Mulder starrte das Foto des Jungen an. „Kaum zu glauben", murmelte er.

„Sie können es glauben oder lassen", sagte Scully resigniert. „Was für diese ganze Stadt zu gelten scheint."

Mulder seufzte. „Ich schätze, wir müssen Sheriff Hamilton auch auf unsere Liste setzen."

„Genau das brauchen wir – einen weiteren Verdächtigen.“ Entnervt stopfte Scully das Foto zurück in die Akte.

„Warum besuchen wir den Sheriff nicht einfach jetzt“, schlug Mulder vor. „Wer weiß, vielleicht können wir was ausgraben.“

„Ich möcht’ nicht wissen, was“, murrte Scully.

Eine Stunde später hallten diese Worte in Scullys Kopf noch immer nach.

Sie und Mulder kauerten reglos im Unterholz hinter Sheriff Hamiltons Garten und konnten beobachten, wie der Gesetzeshüter ein Loch im Rasen aushob.

Der Sheriff sah im Mondlicht unangenehm groß und kräftig aus. Schließlich legte er die Schaufel beiseite und wischte sich die Stirn trocken. Dann beugte er sich vor und faßte in die Grube.

Scully sah Mulder fragend an. Dieser schüttelte den Kopf. Er wußte auch nicht, was der Sheriff da ausgegraben hatte. Aber was der Mann jetzt vom Rasen aufhob, war unverkennbar – eine lange Messerklinge blinkte im Mondlicht.

Hamilton durchschnitt, was auch immer er ausgegraben hatte, und rieb sich damit die Hände ein. Dann beugte er sich herunter, legte das Ding zurück in das Loch und grub es wieder ein.

Schließlich richtete er sich auf, starrte einige endlose Sekunden den Vollmond an, drehte sich langsam um und ging ins Haus zurück.

„Ich wage nicht zu sagen, was ich denke“, flüsterte Scully. „Ich meine, es ist nicht gerade wissenschaftlich. Andererseits sind derartige Vorkommnisse immer wieder verzeichnet worden. Und zweifellos haben wir Vollmond.“

„Wir haben es mit eigenen Augen gesehen“, gab Mulder ebenso leise zurück. „Aber bloß weil Sheriff Hamilton früher mal zu viele Haare hatte, heißt das doch nicht, daß er ein . . .“

„Allerdings nicht. Es wäre unfair, zu sagen, seine Vorgeschichte würde bedeuten, daß er sich abnorm benehmen muß. Das käme einem Schuldspruch gleich, der nur auf der Hautfarbe des Angeklagten basiert.“

„Stimmt.“

„Stimmt.“

„Aber. . .“ Mulder fixierte das aufgeworfene Erdreich.

„Aber. . .“ Scully nickte.

„Wir müssen die Wahrheit herausfinden“, raunte Mulder und kroch auf den Rasen. Scully folgte ihm.

Mit bloßen Händen scharrte Mulder die lockere Erde beiseite. Nach einer atemlosen Minute wisperte er: „Ich hab’s. Muß es nur noch rausholen und . . .“

Weiter kam er nicht.

Scully und er wurden von einem kraftvollen Taschenlampenstrahl geblendet.

Als sie wieder etwas erkennen konnten, sahen sie

Sheriff Hamilton vor sich aufragen, der mit einer 45er auf sie zielte.

„Darf ich fragen, was Sie da tun?“

Mulder hielt ihm entgegen, was er in der Erde gefunden hatte. Ein Stück rohe Kartoffel.

„Wir graben Ihre Kartoffel aus“, preßte er hervor.

„Darf ich fragen warum?“

Gute Frage. Doch sie zu beantworten, war nicht gerade einfach.

Scully versuchte es zuerst. „Sheriff, wir wissen, daß viele Serienmörder von der Polizeiarbeit fasziniert sind. Manche arbeiten sogar bei der Streife. Deswegen gehört es zu unserer Ermittlung, daß wir . . .“

„Kartoffeln ausgraben?“

Jetzt war Mulder an der Reihe. „Sheriff, wir haben herausgefunden, daß Sie mal ein Hundegesicht hatten . . .“ Er reichte ihm das Flugblatt und wartete auf seine Reaktion.

Sheriff Hamilton starrte das Foto an.

Dann kicherte er. „Meine Güte, war ich damals dünn!“

„Dann sind Sie es tatsächlich“, sagte Scully lahm. Sie konnte es immer noch nicht fassen.

„Aber sicher!“ Sheriff Hamilton lächelte breit. „Die erste Hälfte meines Lebens war ich Jim-Jim. Dann habe ich eines Morgens eine kahle Stelle oben auf meinem Kopf entdeckt. Mir wurde klar, daß ich nicht nur mein Haar verlor, sondern auch meine Karriere.

Bald war der ganze Pelz weg – aber mein Körper ist immer noch ziemlich behaart, weswegen ich auch nie an den Strand gehe."

„Aber das erklärt noch nicht die Kartoffel." Scully wollte wenigstens dieses Rätsel lösen.

„Nun ja, das ist so", grummelte der Sheriff. „Ich . . . Ich habe . . . Warzen an den Händen."

„Das erklärt die Kartoffel *immer* noch nicht", insistierte Mulder.

„Ja, wissen Sie das denn nicht?" fragte der Sheriff überrascht. „Um Warzen loszuwerden, reibt man mit einer aufgeschnittenen Kartoffel darüber. Dann begräbt man sie bei Vollmond."

„Ach so . . ." Mulder war verwirrt.

„Ja, richtig", rief Scully. „Hatte ich wohl vergessen."

„Aber sagen Sie doch mal, wie die Ermittlungen laufen?" Der Sheriff hakte seine Daumen in den Gürtel.

Nach einem Moment der Stille sagte er: „Nicht gut, was?"

„Wir erwarten eigentlich, daß jetzt jederzeit etwas passiert." Mulder klopfte sich die Erde von den Knien. Er hielt den Kopf gesenkt.

Scullys Blick blieb am kalt schimmernden Mond hängen.

„Und wir können nichts dagegen tun . . ."

12

Der Conundrum-Mann hörte ein tiefes Knurren.

Zuerst dachte er, es wäre sein Magen.

Sein Magen knurrte immer. Er hatte geknurrt, solange er zurückdenken konnte. Selbst die besten Köstlichkeiten – ein hübscher fetter Frosch zum Beispiel, eine Dose voll wimmelnder Würmer oder eine gackernde Mutterhenne mit knackigen Federn – konnten ihn nicht lange ruhigstellen.

In dieser Nacht aber war es nicht sein Magen, der das vertraute Geräusch verursachte.

Im Mondlicht erkannte er Hiram Nutts kleinen Hund, der vor ihm scharrte und ihn giftig anknurrte. Der Conundrum-Mann starrte das Tier an – und leckte sich die Lippen.

Einen Augenblick lang versuchte Conundrum, den Hunger, der in ihm aufstieg, im Zaum zu halten. Er versuchte, sich daran zu erinnern, was Dr. Blockhead ihm über das Essen zwischen den Shows gesagt hatte. Schlimm, schlimm, schlimm. Er dachte daran, daß Dr. Blockhead ihn in dieser Nacht mit einer Aufgabe betraut hatte. Wichtig, wichtig, wichtig.

Doch sein Magen rebellierte und knurrte bereits heftiger als diese kleine Töle. Lauter und lauter. Sein Magen verdrängte jeden Gedanken, außer den an Fell und Knochen, Augäpfel und Blut und den niedlichen zarten Schwanz zum Dessert.

Der kleine Hund sah den Speichel aus Conundrums Mundwinkel sickern und hörte auf zu knurren. Er quiekte, zog den Schwanz ein und rannte davon.

Conundrum grunzte und nahm die Verfolgung auf. Das machte ihm nichts aus – im Gegenteil, die Jagd regte seinen Appetit nur noch mehr an.

Conundrum war schnell. Doch der kleine Kläffer war schneller – und er mußte nicht weit laufen. Er erreichte die Tür des *Big Top* und flitzte durch die kleine Hundeklappe.

Einen Augenblick später öffnete sich die Bürotür.

Hiram B. Nutt trat heraus. Angewidert blickte er auf den tätowierten Mann herunter, der sabbernd auf seinem Türvorleger lag, während hinter ihm sein Hund den soeben errungenen Sieg hinauskläffte.

„Wie oft habe ich dir das gesagt?“ warnte Nutt. „Commodore ist mein Haustier – nicht dein Essen. Wenn du das noch einmal machst, werfe ich dich und Dr. Blockhead aus eurem Wohnwagen.“

Conundrum stand auf, den Kopf verschämt gesenkt. Warum, oh warum tat er nur immer wieder solche Sachen? Warum konnte er nicht auf den größten und klügsten Menschen der Welt, Dr. Blockhead, hören?

Leider lag es nicht in Conundrums Natur, solche Fragen auch beantworten zu können. Selbst während er sich vor Nutt schämte, warf er dem Hund wütende, begehrliche Blicke zu.

„Und was machst du überhaupt um diese Zeit hier draußen?“ wollte Nutt wissen. „Man sollte doch meinen, selbst ein Dummkopf wie Blockhead hätte Verstand genug, dich nachts nicht rauszulassen.“

Conundrum strahlte. Wenigstens war das eine Frage, auf die er die Antwort wußte. Er faßte nach unten an seinen Lendenschurz und riß den Zettel ab, der mit einem Paar von Dr. Blockheads Totenschädel-Nadeln daran befestigt war. Er gab ihn Nutt.

„Okay.“ Nutt nickte, als er die Nachricht gelesen hatte. „Und jetzt zurück in deinen Wagen – bevor du mehr abbeißt, als du kauen kannst.“

Aber Conundrum blieb stehen und starrte auf Nutts Hände.

„Ich weiß, was du willst“, sagte Nutt streng. „Ich wette, Dr. Blockhead hat sie dir als Belohnung versprochen. Aber ich geb dir die Nadeln nicht – einfach deshalb, weil du so gierig bist. Du mußt dir irgendein anderes Betthupferl suchen.“

Er knallte Conundrum die Tür ins enttäuschte Gesicht und ging ins Büro. Dort sah er noch einmal auf den Zettel und schüttelte den Kopf. „Sag, Commodore, warum sind diese beiden Irren die einzigen, die ihre Miete im voraus bezahlen?“

Als wäre es eine Antwort, starrte das Hündchen knurrend auf die Tür. Sein kleiner Körper bebte.

Nutt seufzte. „Er ist immer noch da, was? Er ist derjenige, den man zu Hundefutter machen sollte."

„Ich warne dich", rief Nutt durch die Tür. „Ich hab' eine Waffe! Und ich warte nur auf einen guten Grund, sie zu benutzen!"

Commodore knurrte nicht mehr – er sprang ärgerlich bellend vor der Tür hin und her.

„Was zur Hölle . . .?" murmelte Nutt und öffnete das kleine Guckloch in der Tür. Doch bevor er etwas erkennen konnte, wurde er am Knöchel gepackt.

Er sah nach unten. Jemand oder etwas griff durch das Hundetürchen und versuchte, sein Bein hindurchzuziehen.

„Neeeein!"

Nutt schrie. Er stemmte sich mit beiden Händen gegen die Tür und konnte sich losreißen.

Er landete auf dem Rücken, hob den Kopf – und sah, wie etwas der Hand durch die Hundeklappe folgte.

Nutt kreischte. Seine Bariton schwoll an und kippte in das schrille Tremolo der Todesangst. Er schrie.

Wieder.

Und wieder.

Bis seine Schreie erstarben – und nur noch Commodore zu hören war, der im Dunkeln winselte.

Scully hörte es laut gegen ihre Wohnwagentür klopfen.

Sie weigerte sich, die Augen zu öffnen, und hoffte,

der Lärm würde verschwinden. Sie war so müde. Und der Schlaf war so süß.

Dann hörte sie eine Stimme: „Aufwachen! Aufwachen, bitte!“

„Okay, okay, Lanny, ich komme . . .“

Gähnend stemmte sie sich aus dem Bett, schaltete das Licht an, zog ihren Morgenmantel an und öffnete die Tür. Lanny stand vor ihr. Sein Gesicht war blaß wie der Tod.

„Kann das nicht bis morgen früh warten?“ Scully rieb sich die Augen.

„Tut mir leid, Miss, tut mir leid“, plapperte Lanny. Seine Stimme schwankte. „Aber er ist tot, er ist tot.“

„Beruhigen Sie sich, Lanny . . .“ Sie wurde munter. „Und jetzt sagen Sie mir ganz ruhig: wer ist tot?“

„Mein bester Freund auf der ganzen Welt“, jammerte Lanny. „Mr. Nutt! Ich hab ihn gefunden. Es war . . .“ Lanny konnte nicht mehr. Die Stimme versagte ihm.

Scully war jetzt hellwach.

„Warten Sie hier, während ich mich anziehe!“ Sie schloß die Tür und warf sich in weniger als zwei Minuten ihre Sachen über. Dann eilte sie zu Lanny, der vor Nutts Wagen auf sie wartete.

„Also los – zeigen Sie mir, wo Sie ihn gefunden haben.“

„Vielleicht sollte ich das nicht“, schluchzte Lanny fassungslos. „Vielleicht sollten Sie das nicht sehen müssen. So etwas Schreckliches. So schrecklich, schrecklich, schre . . .“

„Machen Sie sich um mich keine Sorgen.“ Scullys Stimme war energisch. „Ich bin an so was gewöhnt. Das gehört zu meinem Job.“

„*So was* haben Sie noch nie gesehen!“ Lanny gestikulierte wild, Tränen liefen über sein Gesicht. „Wenn Sie so was schon gesehen hätten, würden Sie nie wieder einen Toten sehen wollen.“

13

Scully kniete neben dem Hundetürchen. Sie wollte sich die dünnen Blutspuren genauer ansehen.

Hinter ihr resümierte Sheriff Hamilton: „Lanny sagt, die Tür war abgeschlossen, als er kam. Er mußte mit seinem Schlüssel aufschließen. Alle Fenster sind von innen verriegelt. Der einzige Weg hinein war durch das Hundetürchen. Aber was kann da schon reinkommen, außer einem Hund? Oder einer Katze."

Dann hörte sie Mulders Stimme: „Scully, kommen Sie her."

Mulder hockte neben Nutts Körper. Scully achtete darauf, nicht auf die Blutspur zwischen der Leiche und der Tür zu treten.

„Ich weiß nicht, wer durch ein Hundetürchen paßt – aber sehen Sie sich das an." Mulder hob Nutts Arm, um Scully desssen Handfläche zu zeigen.

Eine Nadel ragte daraus empor.

Eine Nadel mit einem Totenkopf.

„Wissen Sie noch, wo wir einen solche Nadel schon mal gesehen haben?" Mulder blickte von Nutts Blutmal zu Scully auf.

„Wie könnte ich das vergessen?" Scully verschränkte die Arme vor der Brust. „Wenn er sich

Schienennägel einschlagen und sich aus Zwangsjacken befreien kann, wer weiß, wozu er noch imstande ist? Vielleicht haben wir endlich die Möglichkeit, den Fall zu knacken."

„Vielleicht." Mulder wog den Kopf und dachte nach. „Wie auch immer, wir . . ."

Ein dumpfes Hämmern verschluckte seine Worte.

Lanny hatte in der Ecke gestanden, ihnen zugesehen und sich immer wieder große Schlucke aus seinem Flachmann genehmigt. Jetzt schlug er mit den Fäusten gegen die Wand. „Er war mein einziger Freund!" wimmerte er. „Er war wie ein Bruder zu mir!"

Scully ging auf ihn zu, um ihn zu beruhigen, doch der Sheriff hielt sie auf.

Er nahm Lanny von hinten in eine Bärenumarmung. „Hey, Mann, reg dich ab, Lanny-Boy", sagte er sanft. „Du tust dir weh."

„Na und?" schniefte Lanny.

„Na nichts", murmelte der Sheriff. „Aber bei der Gelegenheit könntest du auch mir wehtun – also hör auf damit." Er wandte sich an Mulder und Scully: „Manchmal passiert ihm das – und dann sperr ich ihn in die Ausnüchterungszelle, bis er nüchtern ist. Dann geht's ihm gut – bis zum nächsten Mal."

„Kümmern Sie sich um Lanny", entschied Mulder. „Und wir kümmern uns um Dr. Blockhead – oder sollte ich sagen: Jeffrey Swaim?"

„In Ordnung." Der Sheriff nahm Lanny um die

Schultern. Lanny wehrte sich nicht, sein Körper war schlaff. Tränen rollten über seine zerfurchten Wangen.

Mulder bemerkte, wie Scully auf die Leiche hinunterschaute und langsam den Kopf schüttelte. „Was ist ...? Haben Sie was entdeckt, was uns bisher nicht aufgefallen ist?“

„Nicht unbedingt“, sagte Scully wie in Trance. „Aber ich hatte in der letzten Zeit so viele verrückte Träume über diesen Fall, daß ich irgendwie erwartet hatte, daß die Verbrechen ...“

Sie schwieg, suchte nach den richtigen Worten. „Freakiger wären?“ half ihr Mulder.

„Naja ... ja“, gab sie zu und blickte noch einmal auf Nutts leblosen Körper hinunter.

Mulder grinste. „Sie sollten sich wirklich nicht über diesen Fall beschweren. Nicht, wenn der Hauptverdächtige ein Blockhead ist.“

„Wahrscheinlich liegt er im Bett, wie jeder ordentliche Bürger“, meinte Scully bissig.

„Immer was zu mosern“, sagte Mulder leicht amüsiert und klopfte an Dr. Blockheads Wohnwagentür. „Können Sie sich nicht damit anfreunden, daß diese Leute genauso sind wie alle anderen?“

„Kommen Sie rein – die Tür ist offen“, rief Dr. Blockhead von drinnen.

Scully und Mulder betraten den Wohnwagen.

Dr. Blockhead lag im Bett.

Einem Nagelbett.

Scully schluckte. Dann atmete sie tief durch, zeigte ihre Marke und legte los. „Mr. Swaim. Wir sind Bundesagenten. Wir sind hier, um Sie zu verhören. Wir weisen Sie darauf hin, daß Sie das Recht haben, zu . . .“

„Sie müssen einen Augenblick warten“, unterbrach sie Dr. Blockhead. „Ich bin gerade noch in etwas anderem gefangen.“

Er hob seine Hände. In beiden hielt er Angelschnüre. An den Angelschnüren befanden sich Angelhaken, und die Haken steckten fest in seiner Brust. „Da ahnt man, wie eine Forelle sich fühlt“, zwitscherte er und zog an den Leinen.

„Mr. Swaim . . .“ Scully versuchte es erneut, dann hielt sie fasziniert inne. „Tut das nicht weh?“

„Dies ist die Variation eines amerikanisch-indischen Sonnentanz-Rituals“, entgegnete er gespreizt. „Ich lege mich selbst an diese Haken, und der Schmerz wird so unerträglich, daß ich meinen Körper verlassen muß.“

„Ihren Körper verlassen?“ fragte Scully und sah Mulder verunsichert an. „Wo gehen Sie dann hin?“

„Sie verstehen nicht“, sagte Dr. Blockhead mit verzücktem Augenaufschlag. „Es ist einfach nur eine Methode, meinen Geist freizusetzen. Oder, wie man auch sagen könnte, meine Seele.“

„Es ist mir äußerst unangenehm, Mr. Swaim.“ Scully musterte ihr Gegenüber mit kühler Professionalität.

„Aber wir müssen Sie in Untersuchungshaft nehmen. Wir müssen Sie über etliche Mordfälle befragen."

„Ich beantworte keine Fragen, bis ich mit meinem Anwalt geredet habe", gab Dr. Blockhead zurück.

„Wer ist Ihr Anwalt?" schaltete sich Mulder ein.

„Ich vertrete mich selbst", verkündete Dr. Blockhead und warf sich in die geschundene Brust.

Scully hatte jetzt endgültig genug.

Mit einer Hand zog sie ihre Handschellen hervor, mit der anderen zerrte sie Dr. Blockhead von seinem Nagelbett. Sie konnte einen Verdächtigen im Schlaf festnehmen: Blitzschnell wirbelte sie Dr. Blockhead herum und ließ die Schellen hinter seinem Rücken um seine Handgelenke schnappen.

„Woher nehmen Sie sich das Recht, das zu tun?" schnarrte er.

„Habe ich nicht erwähnt, daß wir Bundesagenten sind?" Scully hatte das Geräusch zuschnappender Handschellen schon lange nicht mehr so genossen.

„Und habe ich nicht erwähnt, daß ich ein Befreiungskünstler bin?" höhnte Dr. Blockhead.

„Was . . .?" Sie starrte auf ihre Handgelenke.

Wie zum Teufel waren die Handschellen dort hingekommen?

Scully hatte keine Gelegenheit mehr, Dr. Blockhead zu fragen. Er stieß sie mit einem teuflischen Grinsen beiseite und rannte zur Tür hinaus.

Sie fiel gegen Mulder, der ihr zu Hilfe kommen

wollte. Ihr Partner taumelte zurück, stolperte gegen den Rand des Nagelbetts und stürzte der Länge nach auf die widerlichen Spitzen.

„Mulder!“ keuchte Scully.

Einen endlosen Moment lang lag er bewegungslos da.

Sie streckte ihre Hand aus, um ihm hochzuhelfen, doch er rappelte sich bereits alleine auf. Allerdings – mußte er dazu sein Jackett ausziehen, das festgenagelt liegenblieb.

„Nichts geht über irischen Tweed“, ächzte Mulder und bog sich im Rücken durch. „Der Verkäufer hat mir gesagt, es würde Regen und Kälte abhalten. Von Nägeln hat er nichts erwähnt.“

„Alles in Ordnung?“

„Dieses Bett ist bequemer als das in meinem Wohnwagen . . . Und bei Ihnen? Alles okay?“

Scully schnitt eine Grimasse und hielt ihre gefesselten Hände hoch. Mulder griff nach seinem Schlüssel – eine Sekunde später war sie frei.

Sie gingen zur offenen Wohnwagentür und spähten in die Dunkelheit.

„Blockhead ist auf und davon.“ Mulder fuhr sich resigniert durchs Haar.

„Es war schwierig genug, ihn hier drinnen zu fassen“, murmelte Scully. „Ihn draußen zu erwischen, wird nicht ganz einfach sein. Wenn er wirklich seinen Körper verlassen kann, wer weiß, wozu er noch in der Lage ist?“

In diesem Augenblick kam ein großer Schatten zwischen den Bäumen hervor und auf den Wohnwagen zu.

„Sehen Sie mal, was ich gefangen habe", dröhnte Sheriff Hamilton vergnügt.

Er hielt die Angelleinen in der Hand und zog daran.

„Autsch!" quietschte Dr. Blockhead in seinem Schlepptau.

14

„Dieses Gefängnis wird mich nicht halten!“ deklamierte Dr. Blockhead wütend.

„Das werden wir sehen“, meinte Sheriff Hamilton. „Im Gefängnis von Gibsonton sind wir an allerlei Gefangene gewöhnt. Sie sind nicht der erste Befreiungskünstler, den wir hier in Verwahrung nehmen.“

Der Sheriff hielt Dr. Blockhead fest am Arm. Mulder und Scully folgten mit gezogenen Waffen, als sie das kleine Kittchen betraten. Die Zellen lagen direkt hinter dem Schreibtisch des Sheriffs.

„Das meine ich nicht“, schnarrte Dr. Blockhead. „Ich meine, daß ich unschuldig bin. Ihre Verdächtigung basiert auf Zufällen. Alles nur Humbug.“

„Humbug?“ Scullys Stimme war zuckersüß. „Wirklich? Nun, diesbezüglich sind Sie ja der Experte.“

Dr. Blockhead zuckte mit den Achseln. „Am Ende“, grinste er, „werde ich Ihnen möglicherweise sogar dankbar sein. Als Opfer eines Justizirrtums werde ich in *Sixty Minutes* auftreten. Großartige Werbung für meinen Act.“

„Wo wir schon von Beweisen sprechen, gehört das Ihnen?“ Mulder hielt Dr. Blockhead eine durchsichtige

Plastiktüte unter die Nase. Darin lag die Totenkopfnadel, die in Nutts Hand gesteckt hatte.

„Ich bin ein ungewöhnliches Individuum, aber ich bin dennoch ein US-Bürger“, verkündetete Dr. Blockhead salbungsvoll. „Und unsere Gesetze gestehen mir zu, daß ich nichts sagen muß, was mich möglicherweise belasten könnte.“

„Das bedeutet, wir müssen Ihre Steuergelder damit vergeuden, Sie einzusperren.“ Scully war die Liebenswürdigkeit in Person.

„Ein weiteres Beispiel für die Verschwendungssucht der Regierung“, murrte Dr. Blockhead. „Warten Sie, bis ich meinem Abgeordneten schreibe. Haben Sie noch nicht von unser aller Vertrag mit Amerika gehört?“

„Üben Sie gerade für Ihren neuen Job als Talkmaster?“ Scully lächelte mit dem Sonnenschein um die Wette.

„Dr. Blockhead hat viele Talente . . . Warten Sie mal ab, was ich mit Ihrem Fall vor Gericht veranstalte.“

„Ich kann es kaum erwarten . . .“ Scully strahlte wie Miss Universum.

Noch bevor Dr. Blockhead etwas erwidern konnte, vernahmen sie aus einer der anderen Zellen ein lautes Stöhnen.

„Was war das?“ kiekste Dr. Blockhead hysterisch. „Foltern Sie Ihre Gefangenen?“

„Das ist Lanny in der Ausnüchterungszelle“, sagte

der Sheriff. „Er war ohnmächtig, als ich gegangen bin. Er muß aufgewacht sein und ein paar Schlangen und rosa Elefanten gesehen haben. Wenn er nüchtern ist, wird's ihm wieder gutgehen."

Ein weiteres Stöhnen, diesmal lauter.

Scully ging hinüber und schaute durch das kleine Loch in der Stahltür. „Schlaf wird Lanny nicht viel helfen. Ein weiterer Mordversuch!"

Die anderen drängten sich neben sie und spähten in die Zelle.

Lanny lag stöhnend auf einer Bank, mit dem Rücken zur Tür. Eine dünne Blutspur führte von der Pritsche über den Boden zu dem vergitterten Fenster hinauf.

„Wie kann hier jemand reingekommen sein?" murmelte der Sheriff und suchte nach seinen Schlüsseln.

„Ich habe das Gefühl, es ist niemand hineingekommen", sagte Scully tonlos, „sondern jemand hinausgegangen."

„Was wollen Sie damit sagen?" fragte Mulder irritiert.

„Ich bin nicht sicher, Mulder ... Bin bloß gerade auf eine Idee gekommen. Aber das werden wir erst erfahren, wenn wir Leonard finden."

„Leonard?" Mulders Erstaunen wuchs.

„Lannys Bruder. Als ich im Museum war, habe ich ein altes Poster für seinen Auftritt gesehen."

Mittlerweile hatte der Sheriff die Tür geöffnet. Scully erreichte Lanny als erste und drehte ihn um: Er hatte im Schlaf gestöhnt, und er schlief immer noch tief und fest.

Doch da war ein wenig Blut – Lanny hatte ein Loch im Bauch, genau an der Stelle, wo sein siamesischer Zwilling gewesen war.

„Oh Gott, jemand hat Leonard entfernt“, keuchte der Sheriff. „Hat ihn einfach rausgerissen.“

„Das glaube ich nicht“, sagte Scully kühl. „Ich glaube der Zwilling hat sich von ganz allein entfernt.“

„Scully, das ist unmöglich.“ Mulder kratzte sich nervös am Kinn. „Leonard ist ein Teil von Lanny. Wie ein Bein oder ein Arm.“

Mulder behauptet, daß etwas unmöglich ist, dachte Scully einen Moment lang verwundert. Das gibt's doch nicht. Und ich, ich widerspreche ihm auch noch ... Gibsonton stellt wirklich alles auf den Kopf.

„Sehen Sie doch selbst.“ Sie begann die Situation zu genießen. „Das Loch in Lannys Bauch ist identisch mit den Wunden der Mordopfer. Bloß, Lanny lebt – und er blutet nicht wirklich.“

Bevor Mulder antworten konnte, unterbrach der Sheriff sie rüde. „Wenn Sie sagen wollen, daß sein Zwilling aus seinem Körper steigen und durch die Stadt laufen kann – dann sind Sie genauso besoffen wie er.“

„Sie haben selbst gesagt, daß die inneren Werte dieser besonderen Menschen zählen.“ Wie oft hatte sie Mulder erlebt, wie er seine exzentrischen Theorien verteidigte ... Jetzt war sie dran. Sie holte tief Luft. „Ich glaube, daß es in Lanny besondere Organe gibt, die es seinem Bruder erlauben, ihn zu verlassen und sich wieder mit ihm zu vereinigen.“

„Aber Scully, wie können Sie auch nur davon träumen, daß sein Zwilling ...“ Mulder war schockiert. Weiter kam er nicht – er konnte bloß den Kopf schütteln.

„Mulder, sagen Sie mir eins.“ Scully war nicht mehr zu bremsen. „Glauben Sie, daß ein Ermittler einen Fall im Traum lösen könnte?“

Mulder mußte nur kurz darüber nachdenken. „Es ist möglich, Hinweise wahrzunehmen, ohne sie bewußt zu registrieren“, sagte er langsam. „Diese Hinweise werden im Unterbewußtsein gespeichert. In Träumen kommen sie vielleicht an die Oberfläche ... Träume verraten uns, wovon wir nicht wissen, daß wir es wissen.“

„Nun, möglicherweise ist mir so etwas passiert. Ich habe immer und immer wieder von Lanny geträumt, als wolle mir irgend etwas sagen, daß ich mich näher mit ihm beschäftigen soll. Ich weiß, daß es komisch klingt, aber ...“ Sie hob hilflos die Hände.

Mulder unterbrach sie. „Sie müssen sich nicht entschuldigen, Scully. Sie machen das gut. Ich habe mich zu entschuldigen.“

„Oh, ich weiß nicht ...“ Scully zuckte verlegen die Achseln.

In diesem Augenblick stöhnte Lanny wieder auf.

Seine Augen waren offen, er zwinkerte mit glasigem Blick, und Scully fragte sich, wieviel er von ihrer Unterhaltung gehört hatte.

„Wie . . . Wie konnte ich . . .?“ murmelte Lanny.

„Wie konnten Sie was?“ fragte Scully und beugte sich über ihn.

Seine Worte waren leise und verwischt. „Wie . . . Wie hätte ich ihn verraten können? Ohne . . . Ohne selbst verhaftet zu werden?“

„Warum macht er das?“

„Ich weiß nicht . . . Glaube nicht, daß er weiß, daß er anderen wehtut“, stammelte Lanny mühsam. „Er sucht bloß . . . sucht bloß einen neuen Bruder.“

„Hast du Schmerzen, Lanny?“ fragte der Sheriff.

„Es tut weh . . . tut weh, nicht gewollt zu werden. Habe mich . . . habe mich unser Leben lang um ihn gekümmert. Vielleicht . . . vielleicht ist das der Grund . . .“ Lanny faßte in die Innentasche seines Jacketts und zog einen Flachmann hervor. Er wollte ihn an die Lippen setzen.

Scully hielt ihn zurück, bevor der Sheriff es tun konnte.

„Sie haben genug gehabt, Lanny“, sagte sie sanft.

„Hab genug . . .“, wiederholte Lanny erschöpft, seine Augen schimmerten matt.

Bevor er wieder ohnmächtig wurde, fragte Scully: „Wie lange kann Leonard ohne Ihren Körper überleben?“

„Lang genug, um . . . lang genug . . .“, flüsterte Lanny. Seine Stimme erstarb.

Scully packte ihn an der Schulter und schüttelte ihn vorsichtig. „Lang genug, um was zu tun, Lanny?“

„Lang genug, um herauszufinden, daß man nichts dagegen tun kann, wie man geboren wird“, stöhnte Lanny plötzlich kraftvoll. Dann wurde seine Stimme wieder schwächer, leiser. „Aber immer . . . immer kommt er zu mir zurück. Ich bin sein . . . sein einziger Bruder.“

Sein Kopf sackte zur Seite.

Scully ergriff sein Handgelenk. „Der Puls . . . er wird immer schwächer.“

„Wir brauchen einen Krankenwagen“, sagte Mulder.

„Ich rufe einen!“ Sheriff Hamilton eilte aus der Zelle.

Scully zog einen Stuhl ans Fenster, stellte sich darauf und sah durch die Gitterstäbe. Auf den ersten Blick wirkte der Abstand zwischen den Eisenstangen sehr klein – doch jetzt erkannte sie, daß er groß genug war.

Sie berührte einen der Stäbe. Er war feucht von Blut.

Mulder und Dr. Blockhead kamen zu ihr herüber.

„Ich könnte Sie wegen falscher Verdächtigungen verklagen“, krähte Dr. Blockhead mit triumphierendem Grinsen. „Aber ein Mann meines spirituellen Niveaus läßt sich nicht herab zu solch schnödem Akt reiner Rachsucht.“ Dann fragte er nicht ohne Bewunderung: „Sie glauben wirklich, der Zwilling kann das?“ Er ließ seine Finger die Mauer hinaufwandern. „Und das?“ Er steckte seine Hand zwischen den Gitterstäben hindurch.

„Es scheint so.“ Scully hob die Schultern.

„Mein Gott“, murmelte Dr. Blockhead verträumt. „Den könnte ich für meinen Auftritt gebrauchen . . .“

„Scully, Sie sind die Medizin-Expertin.“ Mulder hatte andere Sorgen. „Wenn Sie sagen, der Zwillingsbruder kann sich trennen, glaube ich Ihnen. Aber wie mobil kann so ein . . . Ding sein?“

„Ja, Mulder . . . Wie weit kann es kommen?“ Scully starrte hinaus in die Nacht. „Alles, was wir sicher wissen, ist – weit genug. Weit genug, um zu töten.“

15

Scully und Mulder verließen die Zelle mit gezogenen Waffen.

Sheriff Hamilton sah vom Telefon auf, als sie herauskamen. „In ein paar Minuten ist der Rettungswagen hier ... Ich hoffe bloß, sie sind schnell genug. Lanny sieht nicht gut aus."

„Warten Sie hier", bat Mulder ihn. „Scully und ich sehen uns mal draußen um."

Sie umrundeten das Gefängnis, bis sie unterhalb von Lannys Zelle standen.

„Sehen Sie!" Scully zeigte auf Blutspuren, die vom Fenster zum Boden herunterführten. „Der Zwilling muß Hände haben, die wie Saugnäpfe funktionieren. Sie müssen dicht an seinem Körper sein, sind wahrscheinlich unter den leeren Ärmeln seiner Jacke verborgen. Die Beine scheinen auch eher kurz zu sein – aber wir wissen ja, wie schnell er damit laufen kann."

„Glauben Sie, seine Hände und Füße sind verletzt?" Mulder untersuchte die Blutspuren.

„Wahrscheinlicher ist, daß das Blut aus dem Körperinneren kommt. Von den Organen, die mit Lanny verbunden sind. Was das für Organe sind, kann ich nicht einmal raten . . . Das ist etwas, was man nicht auf der Uni lernt."

„Ich glaube, es gibt noch etwas, das wir über unseren kleinen Freund vermuten können . . ."

„Was?"

„Leonard hat Zähne. Und zwar rasiermesserscharfe."

Scully nickte. „Sein Mund könnte in diesem Fleischklumpen verborgen sein, der sein Kopf zu sein scheint. Mir sind Falten aufgefallen, die Gesichtszüge sein könnten."

„Augen inklusive." Mulder zog die Brauen zusammen. „Leonard scheint zu wissen, wohin er will."

„Ich wünschte, *wir* wüßten, wohin er will."

„Vielleicht verrät er es uns. Sehen Sie . . ." Mulder deutete mit dem Kopf auf den Bürgersteig. Im Laternenlicht glitzerten Bluttropfen.

Sie folgten den Spuren um die nächste Ecke und eine kleine Straße entlang, die zu einer großen, halb offenen Tür führte.

„Was ist denn das?" Dieses Gebäude hatte Scully noch nie gesehen. Es war eigentlich weniger ein Gebäude, als ein Haufen zusammengezimmerter Holzkorridore auf einem großen leeren Grundstück.

Mulder schob die Tür auf. Drinnen sah man einen Schalter. „Vielleicht kann uns das hier erhellen", meinte er und betätigte ihn. Draußen wurde Scullys Gesicht in giftiggrünes Licht getaucht.

Über der Tür leuchtet ein großes Neonschild: *DER SCHREIN DES SCHRECKENS*. Ein weiteres Neonschild zeigte das Gesicht eines schreienden Mannes, eine kreischende Frau und zwei zu Tode erschrockene Kinder.

„Hepcats lustiges Labyrinth." Scully atmete tief durch.

„Und der Spaß geht jetzt erst richtig los", raunte Mulder. Er entsicherte seine Waffe. „Ich kann da drinnen Geräusche hören. Ich glaube, wir haben Leonard in die Enge getrieben. Ich gehe rein."

„Ich komme zur Hintertür und schneide ihm den Weg ab." Scully wandte sich zum Gehen. „Seien Sie vorsichtig. Wir wissen vielleicht nicht, *wie* Leonard es anstellt – aber wir wissen, *was* er anstellen kann."

Mulder nickte hastig und wartete, bis Scully um die Ecke verschwunden war. Dann ging er langsam durch den langen, finsteren Korridor, der sich vor ihm erstreckte. Als er das Ende erreicht hatte, sah er, daß ein weiterer Gang abzweigte. Er umrundete die Ecke mit einem Ausfallschritt, den Finger dicht am Abzug – für den Fall, daß Leonard auf ihn wartete . . .

Doch der erwartete Angriff fand nicht statt. Mulder stieß die angehaltene Luft aus . . . und zuckte zusammen, als er sah, wie sich im Dämmerlicht ein blaßweißes Etwas auf ihn zu bewegte.

Er sprintete los. Aber das Etwas war bereits um eine Ecke verschwunden.

Mulder legte an Tempo zu und nahm die Verfolgung auf – doch der geisterhafte Schemen war nicht mehr zu sehen. Mulder wußte nicht, wie Leonards Beine aussahen, aber anscheinend konnte er damit verdammt schnell rennen.

Er hetzte den leeren Korridor entlang, dann um die nächste Ecke und . . .

Rumms!

Mulder ging zu Boden und schüttelte benommen den Kopf.

Er war gegen eine Mauer gelaufen.

Hepcat hätte sich amüsiert. Köstlich amüsiert.

Scully war durch die Hintertür in das Labyrinth eingedrungen. Auch sie hatte ihre Waffe gezogen, während sie durch einen der Korridore schlich.

Sie bog um eine Ecke und starrte in absolute Finsternis. Eine Glühbirne muß kaputt gegangen sein, dachte sie. Und es gab keinen Hepcat Helm mehr, sie zu ersetzen. Was würde bloß ohne ihn aus diesem Ort werden?

Dann hörte sie ein dumpfes Knurren aus dem Dunkel.

Also hat der kleine Leonard eine Stimme, dachte sie. Sie hielt die Pistole im Anschlag, während sie langsam auf das bedrohliche Geräusch zuging.

Es wurde lauter.

Ihr Finger spannte sich um den Abzug.

Plötzlich wurde es taghell.

Ein riesiger Kopf starrte sie an. Ein Kopf mit hervorquellenden Augen und einem bösen Grinsen.

Scully erkannte das Gesicht: Es war das Gesicht von Hepcat Helm. Sie ließ die Waffe sinken, als der Plastikkopf wieder in der Falltür im Boden verschwand. Die Klappe schloß sich, und ein Tonband-Lachen hallte durch den Korridor.

„Toller Scherz, Hepcat“, murmelte Scully, während sie sich weiter den Korridor entlangtastete.

An seinem Ende war eine Tür. Sie hielt ihre Waffe schußbereit und öffnete sie vorsichtig.

Einen Augenblick lang starrte sie verdutzt in einen runden Tunnel aus spiegelglänzendem Metall. Bevor sie darüber nachdenken konnte, was das sein sollte, hörte sie ein Rascheln vom anderen Ende.

„Leonard! Hab ich dich!“ triumphierte sie leise und rannte in den Tunnel hinein.

„Hey! Waa . . .!“ keuchte sie erschrocken, als ihr die Beine weggezogen wurden.

Die Röhre bewegte sich. Sie drehte sich wie die Trommel einer Waschmaschine, und Scully fiel auf den Rücken, auf die Arme, auf den Bauch. Verzweifelt versuchte sie, ihr Gleichgewicht wiederzuerlangen, während sie noch verzweifelter ihre Waffe umklammerte. Schließlich gelang es ihr, sich auf Hände und Knie zu stemmen, – Zentimeter um Zentimeter kroch sie ans Ende des Drehtunnels und rutschte unbeholfen heraus.

Als sie sich aufrichtete, hörte der Tunnel auf, sich zu drehen. Er stand still und wartete auf das nächste Opfer.

Scully verharrte einen Moment, damit der Schwindel in ihrem Kopf verschwand . . . Dann hörte sie wieder das Rascheln, irgendwo aus dem Inneren des Labyrinths.

Sie wagte einen Blick in den nächsten Korridor.

Er sah einigermaßen sicher aus, und sie rannte los.

Ihre Schulter prallte gegen eine Wand. Sie stieß sich ab und landete auf der anderen Seite, dann verrutschte der Boden unter ihren Füßen.

Sie verharrte.

Ich hätte es wissen müssen, dachte sie, als sie den Korridor noch einmal genauer in Augenschein nahm. Jetzt sah sie, daß sein Boden auf Rollen gelagert war. Die Wände waren so angebracht, daß der Gang trotz allem ganz ungefährlich aussah. „Sehr lustig, Hepcat, sehr lustig."

Sie rieb sich die Schulter. Zu den blauen Flecken aus dem Tunnel waren noch einige hinzugekommen. Na prima. Sehr schön.

Dann – wieder das Rascheln.

Ganz vorsichtig, eine Hand an die Wand gestützt, gelangte sie ans Ende des Korridors. Sie atmete auf, als sie um die nächste Ecke bog und wieder auf festem Boden stehen konnte.

Hastig blickte sie sich um.

Ihr Atem stockte.

Sie sah, was sie gesucht hatte – ein milchiges Etwas in Bodennähe.

Es kam schneller auf sie zu, als sie für möglich gehalten hätte ... Sie hatte kaum Zeit, zu zielen und abzudrücken. Einmal. Zweimal. Dreimal.

Gott sei dank konnte sie das Ding auf diese Entfernung gar nicht verfehlen.

Doch es stürmte unbeirrt auf sie zu, während Kugel um Kugel Spiegel um Spiegel zersplittern ließ.

Plötzlich hallten Worte durch Scullys Hirn: „Labyrinth ... lustiges Spiegelkabinett ..."

Doch das hier war nicht lustig. Überhaupt nicht lustig.

Blasse Schemen rasten auf sie zu, von überall her. Panisch schoß sie das Magazin leer, Spiegel um Spiegel ging zu Bruch – doch der eine Schemen, der übrigblieb, kam wie eine lebende Kreissäge auf sie zu, und sie konnte nichts mehr dagegen tun.

Sie schlang die Arme um ihren Körper.

Plötzlich bewegte sich das Ding nicht mehr.

Hatte sie es doch getroffen? War es müde? Oder war es genauso verwirrt wie sie?

Egal. Sie hatte wieder eine Chance. Wenn sie mit ihrer leeren Waffe nicht schießen konnte, konnte sie doch wenigstens damit zuschlagen.

Sie rannte auf die Kreatur zu, die Waffe hoch erhoben. Mit aller Kraft ließ sie den Lauf niedersausen und

– der letzte Spiegel zerbarst mit einem häßlichen Scheppern.

Sie sprang entsetzt zurück.

Dann öffnete sich ihr Mund zu einem stummen Schrei, als sie von hinten an den Schultern gepackt wurde.

16

„Scully, alles in Ordnung?“ fragte Mulder sanft. „Ich habe Schüsse gehört.“

Scully wartete einen Augenblick, bis ihr Herz nicht mehr ganz so rasend schlug.

„Mulder“, schnappte sie. „Hat man Ihnen nicht beigebracht, sich nicht an Leute anzuschleichen?“

„Tut mir leid, Scully. Beschweren Sie sich bei der FBI-Akademie. Ich hatte gute Manieren, bevor ich dorthin gegangen bin . . .“

Vom Hinterausgang des Labyrinths war ein Knacken zu hören.

„Verdammt, es ist an uns vorbeigekommen“, fluchte Scully.

Mulder rannte los, in Richtung des Geräuschs, Scully blieb dicht hinter ihm. Am Ausgang verharrten sie – es war nichts zu hören außer der Stille einer friedlichen Mondnacht.

Mulder legte seine Finger an die Ohren, dann an die Lippen. Er deutete auf nahegelegenes Buschwerk.

Scully nickte. Auch sie hatte das Rascheln der Blätter vernommen. Sie lud ihre Waffe nach, während sie auf Zehenspitzen hinüberschlichen.

Doch sie waren nicht leise genug. Unvermittelt

brach es aus den Büschen hervor und wirbelte auf sie zu.

Sie rissen ihre Pistolen hoch, zielten . . . und erstarrten.

Das war nicht der blasse Schemen des Todes, der da auf sie zuschoß: Es war ein kleines schwarzes, wütend bellendes Fellbündel.

„Nutts Hund“, stöhnte Scully. „Was treibt der denn hier?“

„Versucht wohl, uns was mitzuteilen . . .“ Mulder legte den Kopf schief und ließ seine Waffe sinken.

„Aber was?“

Kläffend kam der Hund vor ihnen zum Stehen und starrte zu ihnen hoch. Als sie sich nicht rührten, machte er kehrt und rannte davon.

Nach ein paar Metern stoppte er und sah sie auffordernd an.

„Hey, Junge, was ist?“ Mulder lächelte.

Der Hund bellte lauter, tippelte zurück und sah abermals bittend zu ihnen auf. Dann lief er wieder ein Stück voraus, hielt inne und blickte erneut zu ihnen hinüber.

„Okay, Junge“, nickte Mulder. „Wir haben verstanden. Wir kommen mit.“

Mulder und Scully folgten dem Hund die Straße hinunter. Das Tier wurde nur langsamer, wenn sie zu weit zurückblieben – kamen sie näher, steigerte es wieder das Tempo.

„Er läuft zum Wohnwagenpark“, schnaufte Mulder.

„Er weiß, wer seinen Herrn getötet hat“, keuchte Scully. „Hat ihn wiedergesehen. Will, daß wir ihn fangen. Ein erstklassiger Jagdhund.“

„Der beste Freund des Menschen!“

„Leonards schlimmster Feind!“

Als sie den Wohnwagenpark erreichten, konnte sich der Hund nicht mehr beherrschen. Aufgeregt stürmte er davon und verschwand irgendwo zwischen den Wagen, wo sie ihn wütend kläffen hörten.

Dann hörte das Bellen abrupt auf.

„Ich glaube, er hat Leonard entdeckt!“ rief Mulder.

„Oder umgekehrt“, japste Scully.

„Das werden wir herausfinden ...“ Mulder lief auf die Schatten zwischen den Wagen zu.

Ich bin nicht sicher, ob ich das will, dachte Scully, während sie ihm folgte ... Was sie vorfanden, übertraf ihre schlimmsten Befürchtungen. Nach einem kurzen Blick auf den Boden schloß sie angeekelt die Augen: „Urgh. Armes Ding.“

„Leonard muß ziemlich verzweifelt sein“, meinte Mulder und zog die Nase kraus.

„Wir müssen ihn stoppen!“ Scully entsicherte erneut ihre Waffe.

„Wenn es bloß nicht so düster wäre ... Wir können alles Licht brauchen, das wir kriegen können.“

Schwarze Wolken zogen eilig über den Himmel und schoben sich vor die blasse Scheibe des Mondes, so daß sie den einen Augenblick im Dunkeln standen, den nächsten im Hellen.

Plötzlich stürzte Mulder los und folgte einem kleinen Schatten, der sich zwischen zwei Wohnwagen hindurch bewegte.

Auf seiner Höhe kam er stolpernd zum Stehen – und trat erschrocken einen Schritt zurück, als die Neunzig-Zentimeter-Frau zu ihm aufsah: „Suchst du was, großer Junge?"

Eine Wohnwagentür öffnete sich, und ein Neunzig-Zentimeter-Mann brüllte: „Mädel, komm sofort rein."

Nachdem sie gehorcht hatte, wandte sich der Mann an Mulder: „Und was Sie angeht, Mister . . ." Er hob ein Gewehr, das größer war als er.

„Hören Sie, es war bloß ein kleiner Fehler . . ." Mulder fiel zu spät ein, daß das Wort ‚klein' hier und jetzt vielleicht nicht die beste Wahl war.

„Wenn ich Sie noch mal mit meiner Frau erwische – dann wird das der letzte Fehler sein, den Sie machen", schnauzte der Mann und knallte die Tür zu.

Als Mulder zu Scully zurückkehrte, sagte sie müde: „Wäre es Ihnen nicht lieber, Sie hätten mit etwas zu tun, mit dem Sie besser umgehen können – vielleicht kleine grüne Männer vom Mars?"

„Im Augenblick komme ich mir vor, als wäre ich *auf* dem Mars, Scully."

„So fühle ich mich, seit wir hergekommen sind . . . Gibsonton, Heimat des Humbug. Wo alle Kisten leer sind, Türen sich auf blanken Wänden öffnen und alles ein riesiger Betrug ist – wie die Fidschi-Meerjungfrau.“

„Alles – außer dem Tod.“ Mulders Stimme klang wieder entschlossener. Er nickte Scully aufmunternd zu – und sie begannen erneut, vorsichtig den Wohnwagenpark zu durchkämmen.

Der Mond verschwand hinter einer Wolke, die Luft schien kälter zu werden. Dann fiel wieder etwas milchiges Licht in die finsteren Ecken zwischen den Wagen.

Plötzlich blieb Scully stehen und starrte geradeaus.

„Hoffen wir nur, daß es nicht das ist, was ich glaube“, murmelte sie.

Ein Mann lag auf dem Rücken neben einem der Wohnwagen.

Seine Hände umkrampften seinen Bauch.

Er lag still. Totenstill.

„Das ist Blockheads Wagen!“ rief Mulder, als Scully und er darauf zuliefen.

„Yeah.“ Scully schluckte. „Sieht aus, als wäre dem Doktor etwas begegnet, das schärfer ist als ein Nagel.“

„Etwas, dem er nicht entkommen konnte“, fügte Mulder hinzu. „Ich hoffe bloß, er konnte vorher seinen Körper verlassen.“

17

Bevor Mulder und Scully den Mann erreichten, ging das Licht im Wohnwagen an.

Dann flog die Tür auf.

„Was ist das – eine Razzia?“ fistelte Dr. Blockhead, der auf der Schwelle stand. „Ihr Federales habt hoffentlich einen Durchsuchungsbefehl – oder wir sehen uns vor Gericht.“

Scully und Mulder starrten ihn an – dann wandten sie sich wieder dem am Boden liegenden Opfer zu.

Die Tätowierungen waren im Licht des Wohnwagens deutlich zu sehen ... Der Conundrum-Mann stöhnte.

„Er lebt noch“, stellte Scully überrascht fest.

Jetzt war Dr. Blockhead bei ihnen. „Was ist mit ihm passiert?“

„Hände weg“, befahl Scully, während sie neben Conundrum niederkniete.

Der Allesfresser stöhnte ununterbrochen, während sie vorsichtig seine Hände vom Bauch nahm. „Gott sei Dank, keine Wunde ...“ Sie untersuchte die tätowierte Haut genau. „Aber da ist ein blauer Fleck, und der Bauch sieht geschwollen aus.“

„Leonard muß uns gehört haben.“ Mulder sah sich

mechanisch um. „Muß geflohen sein, bevor er größeren Schaden anrichten konnte."

„Wenn wir nur wüßten, in welche Richtung ..." Scully hob ebenfalls den Kopf.

„Wenn Conundrum bloß reden würde", knurrte Mulder. Dann hatte er eine Idee. Er kniete sich neben ihn und fragte: „Das Ding, das Sie angegriffen hat, – können Sie mit dem Finger in die Richtung zeigen, in die es gelaufen ist?"

Doch Conundrum stöhnte nur und rieb sich mit schmerzverzerrtem Gesicht den Bauch.

„Leonard muß ihn böse erwischt haben," sagte Scully. „Die Stelle hat sich fast schwarz verfärbt."

„Komm, ich leg dir etwas Eis auf deinen armen Bauch." Dr. Blockhead beugte sich zu seinem Partner hinunter, half ihm auf die Beine und führte ihn in den Wohnwagen.

Scully und Mulder blieben im Dunkeln zurück. Wolken verdeckten erneut den Mond.

„Wir haben seine Spur verloren." Scully hob hilflos die Hände.

„Leonard könnte überall sein", sagte Mulder.

„Aber wir müssen *irgendwas* tun!"

„Allerdings ... Aber ich weiß nicht was. Ich weiß nicht was! Wir können nur warten, bis wir den nächsten Schrei hören."

Was sie als nächstes hörten, war das Geräusch eines Autos, und dann sahen sie auch schon die Scheinwerfer.

Der Wagen hielt, und Sheriff Hamilton stieg aus. „Ich habe gehofft, Sie hier zu finden. Jemand in der Stadt hat Sie in diese Richtung laufen sehen.“

„Wie geht’s Lanny?“ fragte Scully.

Der Sheriff schüttelte den Kopf. „Lanny ist tot“, murmelte er leise.

„Ermordet von seinem eigenen Zwilling“, sagte Mulder nachdenklich. „Ich schätze, Leonard hat sich einmal zuviel losgerissen.“

Wieder schüttelte der Sheriff den Kopf. „Das war nicht die Todesursache. Der Doc sagt, Lannys Leber sei kaputt gewesen. Zuviel Alkohol in zu langen Jahren.“

„Das erklärt die Sache vielleicht . . .“

„Erklärt was, Agent Mulder?“

„Warum die Morde im letzten Jahr zugenommen haben – und ganz besonders in den letzten paar Tagen“, überlegte Mulder. „Leonard muß gespürt haben, daß Lanny immer kranker wurde. Ihm muß klar geworden sein, daß auch er sterben würde . . . falls er nicht jemand Neues fände, mit dem er . . . eine Bindung eingehen könnte.“

„Genau!“ Scully erinnerte sich an die Geschichte über den Tod der wahren siamesischen Zwillinge. „Stellen Sie sich das Gefühl vor, wenn die Person, mit der man mit Leib und Seele verbunden ist, stirbt. Es muß furchtbar sein. Ich meine, Leonard ist menschlich, trotz allem. Das hätte ich vielleicht nicht gesagt, als ich hier angekommen bin. Aber mittlerweile sehe ich die Dinge anders."

„Menschlich oder nicht, wir müssen ihn erwischen." Mulder sah Scully eindringlich an. „Er muß vollkommen verzweifelt sein. Er wird alles angreifen, was sich bewegt."

Er wandte sich an den Sheriff. „Können Sie uns bei der Suche helfen? Haben Sie irgendwelche Deputies?"

„Sie glauben wirklich, der Zwilling ist der Mörder?" Sheriff Hamilton schien skeptisch. „Ich meine, ursprünglich hatten sie doch die Fidschi-Meerjungfrau in Verdacht."

„Das hier ist jetzt *kein* Humbug", sagte Mulder gereizt.

Der Sheriff zuckte mit den Achseln. „Okay, okay. *Sie* sind vom FBI. Ich sag Ihnen was, ich hab zwar keine Deputies, aber ich habe eine Menge Freunde in der Stadt. Ganz *besondere* Freunde."

„Wecken Sie sie!"

Am anderen Morgen war die Suche vorüber.

Der Riese, die Zwerge, der starke Mann, die fette Frau, der dünne Mann, der dreibeinige Mann, der menschliche Oktopus und ein Haufen Akrobaten sowie allerlei Clowns hatten den gesamten Wohnwagenpark durchkämmt.

Sie hatten nichts gefunden.

Der Sheriff teilte Scully und Mulder das niederschmetternde Ergebnis mit, während sie die Sonne aufgehen sahen. Die beiden Agenten waren vom langen Nachteinsatz zermürbt.

„Sind Sie sicher, daß es der Zwilling war, den Sie hier gesehen haben?“ fragte der Sheriff. „Ich meine, vielleicht war es ja doch die Meerjungfrau, und sie ist in den Fluß gesprungen und nach Fidschi zurückgeschwommen.“ Er grinste, begeistert über seinen eigenen Witz.

„Hören Sie, Sheriff, der Zwilling *war* da.“ Scully war verärgert.

„Lassen Sie, Scully.“ Mulder winkte müde ab. „Jetzt wissen Sie wenigstens, wie ich mich die meiste Zeit fühle.“

Der Sheriff wurde wieder ernst. „Sie sollten sich absolut sicher sein, daß es der Zwilling war . . . Wenn Sie unseren Freund dort verschwinden lassen wollen.“ Er deutete mit dem Daumen über seine Schulter.

Ein verschrammter VW-Käfer parkte neben Dr. Blockheads Wohnwagen. Der Doktor lud all sein Hab und Gut ein.

Scully, Mulder und der Sheriff gingen zu ihm hinüber.

Dr. Blockhead warf ihnen einen kurzen mürrischen Blick zu und packte weiter. Der Conundrum-Mann saß bereits auf dem Beifahrersitz.

„Sie wollen uns verlassen?“ Scully konnte den Kerl noch immer nicht leiden.

„Würden Sie das nicht tun – wo dieses *Ding* immer noch frei herumläuft?“ fragte Dr. Blockhead spitz und stopfte seine Zwangsjacke in das letzte freie Eckchen im Kofferraum.

Scully stemmte die Hände in die Hüften. „Leonard ist möglicherweise inzwischen tot. Er kann nicht allzu lange ohne einen intakten Körper existieren. Und sein Bruder ist tot.“

„Dann ist es wohl wahr, wenn man sagt, man kann nie wieder nach Hause zurückkehren.“

„Ich plane eine Autopsie an Lanny. Ich bin sicher, ich habe noch nie so etwas gesehen wie die Innereien dieses Mannes.“

„Und Sie werden so etwas auch *nie wieder* sehen“, bemerkte Dr. Blockhead.

„Wie meinen Sie das?“

Dr. Blockheads aufsässiges Gesicht war plötzlich ganz ernst. „Die moderne Wissenschaft verhindert alle ungewöhnlichen Formen menschlichen Lebens. Und im 21. Jahrhundert wird die Gentechnik noch mehr tun können, als siamesische Zwillinge und alligatorhäutige Menschen zu eliminieren. Dann wird es schwer sein, auch nur jemanden mit einem leichten Überbiß oder einer großen Nase zu finden. Ich kann die Zukunft sehen, und sie macht mir angst. Die Zukunft sieht aus wie . . . *er.*“ Er starrte Mulder haßerfüllt an. „Stellen Sie sich vor, Sie müßten Ihr ganzes Leben lang so aussehen.“

Mulder zuckte mit den Achseln. „Es ist ein harter Job – aber irgend jemand muß ihn tun.“

„Und das ist der Grund, warum selbstgemachte Freaks wie ich und der Conundrum-Mann losziehen und die Leute erinnern müssen“, erklärte Dr. Blockhead pathetisch.

„An was erinnern?“ Scully trommelte mit den Fingern auf ihre Oberschenkel.

„Daran, daß die Natur es haßt, wenn alles normal ist“, dozierte Dr. Blockhead. „Ich kann nicht lange auskommen, ohne irgend etwas Freakiges zu kreieren. Und wissen Sie warum?“

„Nein.“ Scully verdrehte die Augen. „Warum?“

„Ich weiß es auch nicht“, kicherte Dr. Blockhead. „Es ist ein Geheimnis. Vielleicht sollen manche Geheimnisse nie geklärt werden.“

„Yeah, zum Beispiel, wohin dieser Zwilling verschwunden ist“, dröhnte Sheriff Hamilton dazwischen.

„Dieses kleine Rätsel überlasse ich gerne Ihnen“, erwiderte Dr. Blockhead kokett, während er sich hinters Steuer setzte. „Der Conundrum-Mann und ich jedenfalls fahren nach Baltimore. Erster Auftritt am Dienstag.“

Mulder sah in den Wagen hinein. „Ist wieder alles in Ordnung mit Conundrum? Er sieht ziemlich blaß aus.“

„Ich weiß nicht, was sein Problem ist“, lamentierte Dr. Blockhead. „Er hat sich die ganze Nacht hin- und hergewälzt, und ich konnte nicht schlafen. Vielleicht liegt es an dieser Hitze in Florida.“

„Ich hoffe, es ist nichts Ernstes ...“ Scully ging hinüber zu Conundrums Wagenseite. Sie beugte sich durch das offene Fenster hinein, um ihn noch einmal genau anzusehen.

Der Conundrum-Mann drehte den Kopf – und schaute ihr direkt in die Augen.

Er rülpste.

Verwesungsgeruch erfüllte das Wageninnere.

„Muß was gewesen sein, das ich letzte Nacht gegessen habe“, lallte er.

Noch lange stand Scully mit Mulder und dem Sheriff da und sah Blockheads Wagen nach, bis er aus ihrem Blickfeld verschwunden war. „Ich glaube, heute morgen verzichte ich auf das Frühstück“, sagte sie matt. „Ich hab’ irgendwie keinen Appetit.“

Die großen Akte X-Romane

Charles Grant
Lebende Schatten
Roman

Charles Grant
Wirbelsturm
Roman

Kevin J. Anderson
Höllenfeuer
Roman

Kevin J. Anderson
Ruinen
Roman

Kevin J. Anderson
Antikörper
Roman

vgs verlagsgesellschaft Köln